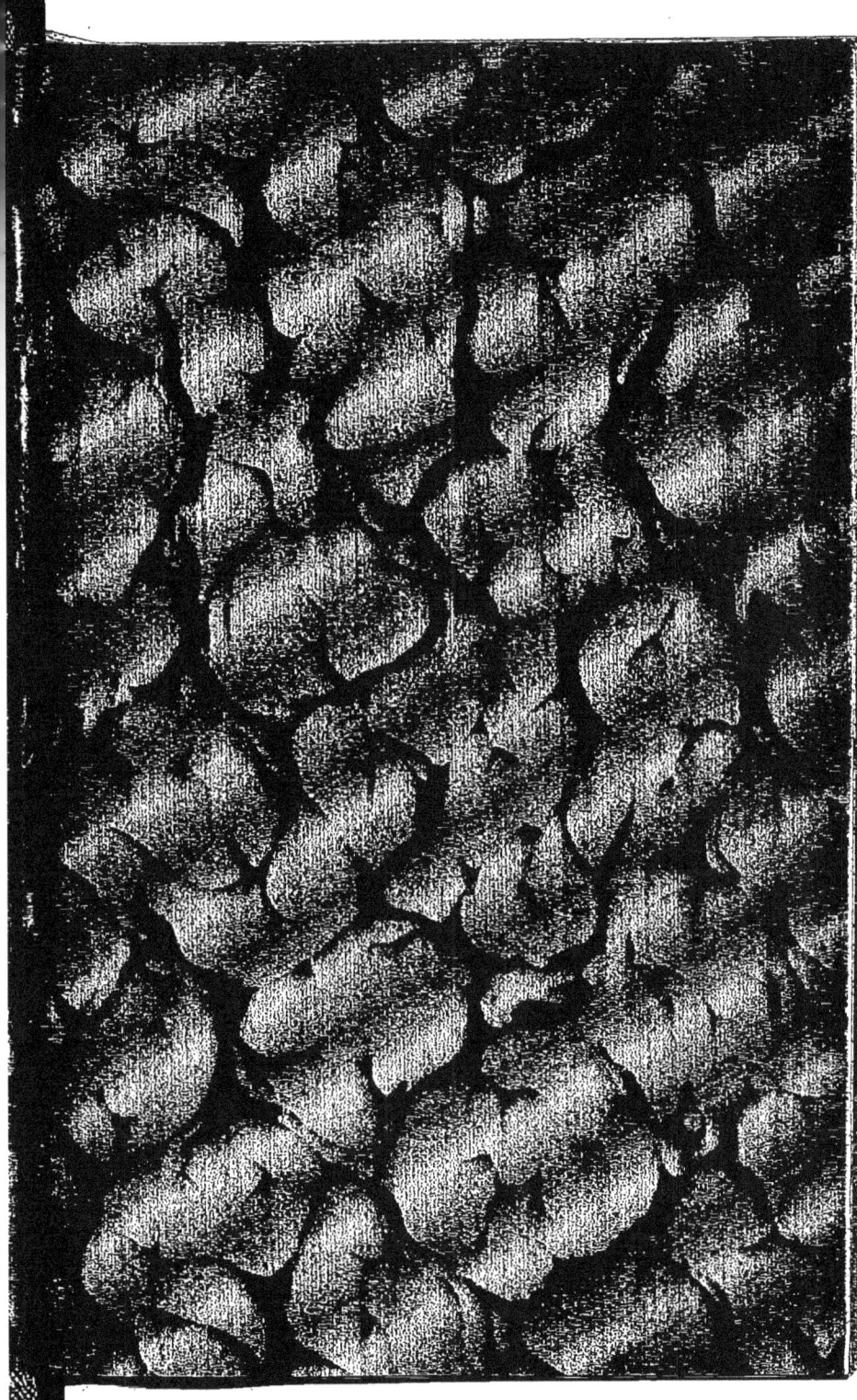

PRIX : **60** centimes.

LUDOVIC PICHON

# L'AMANT
# DE LA MORTE

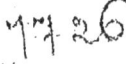

PARIS

ERNEST FLAMMARION, ÉDITEUR

26, rue Racine, 26.

# L'AMANT DE LA MORTE

## DU MÊME AUTEUR

ÉMILE COLIN, IMPRIMERIE DE LAGNY (S.-ET-M.)

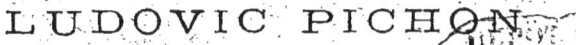

# LUDOVIC PICHON

## L'AMANT

DE

# LA MORTE

PARIS

## ERNEST FLAMMARION, ÉDITEUR

26, RUE RACINE, PRÈS L'ODÉON

# PRÉFACE

Le 2 avril 1869, on apprenait à Paris qu'un homme, — qui n'était pas un voleur, — s'était introduit nuitamment dans le cimetière du Père-Lachaise ; que là, profitant d'un relâchement de surveillance, il avait déterré le cadavre d'une femme.

Heureusement pour la morale publique, les renseignements fournis par l'enquête n'ont pas donné créance à certains soupçons conçus, tout d'abord, d'outrages plus révoltants encore que l'exhumation elle-même, outrages qui, à différentes époques, ont été commis par différentes personnes dans les cimetières de la capitale.

L'opinion publique s'est émue !

— Il y a donc des gens qui ne respectent rien, pas même ce que la sainte ferveur des familles met si haut dans son culte : les MORTS ?...

Et l'on a frissonné.

Les femmes ont eu peur : le vague effroi de la tombe ouverte s'était emparé de tous ; les hommes ont pâli !

On causa beaucoup de cette aventure, et les journaux parlèrent de faits du même genre qui se seraient passés antérieurement sans les raconter.

Quelque temps après, alors que l'émotion se fut calmée, nous eûmes l'occasion de nous trouver avec une personne digne de foi qui, sur ce chapitre, nous raconta l'histoire qui fait le fond de ce roman.

Nous avons retracé ce drame intime et nous l'avons fait avec la plus grande sincérité comme avec la plus grande réserve ; quelques-uns des personnages qui y ont pris part existent encore.

Nous avons écrit cette étude, d'une des plus

bizarres inconséquences de la nature humaine, non point en vue d'un scandale qui pût attirer l'attention sur ce livre, mais parce que les tristes exceptions qui signalent certains hommes par leurs écarts doivent avoir leur historien comme les belles actions qui distinguent les grands hommes.

Il en est des époques ainsi que des hommes, les uns comme les autres ont leurs beautés et leurs verrues ; l'observateur ne doit rien dédaigner ; et il serait aussi coupable en épargnant celles-ci qu'en dévoilant celles-là.

Néanmoins, nous assurons d'avance au lecteur que rien, dans ce récit, — qui n'est pas de pure invention, — ne choquera son esprit. C'est une étude doublée d'un drame, et il y a toujours quelque chose à gagner, lorsqu'il y a quelque chose à apprendre.

L. P.

# L'AMANT DE LA MORTE

1

Le 9 février, le curé de X*** rentrait au presbytère de meilleure heure que de coutume. D'un
naturel calme et réfléchi, il était ce jour-là sous
l'empire d'une agitation extrême. Il allait, venait ; marchait sans but, s'asseyait sans raison.
Il semblait qu'il eût comme attaché à lui un
fardeau mystérieux et fatal dont il ne pouvait se
débarrasser, et dont le poids irritant l'accablait,
en provoquant chez lui des accès nerveux.

— Vous voilà déjà, monsieur le curé? dit sa
vieille servante en le voyant entrer.

Mais, pour la première fois, — depuis quinze

ans qu'elle était à son service, — il ne lui répondit pas de sa voix la plus obligeante : « Je ne suis pas pressé, Marie ! »

Cette phrase était alors le signal d'une conversation qui s'établissait quotidiennement entre le prêtre et sa servante.

Celle-ci lui demandait ce qu'il avait fait, vu ou remarqué ; celui-là, qui avait vu des misères, fait des remarques et constaté des gênes, chargeait la vieille Marie de commissions délicates ; il l'associait dans ses charités. C'était sa manière de réparer l'inégalité de leurs conditions. Aussi le trouble de Marie fut-il grand devant le mutisme de son maître. Elle ne reconnaissait pas *son curé*, et fut sur le point de se signer.

Elle allait même lui en faire l'observation.

Au même instant, un coup frappé résolument à la porte du presbytère acheva de déranger les habitudes paisibles de Marie ; au lieu d'aller ouvrir, elle restait là bouche béante, ne sachant que faire, regardant tour à tour la porte et le curé.

— Allez ouvrir, Marie !...

Un vieillard entra.

L'abbé Morlat et le nouveau venu passèrent dans la pièce la plus reculée de la maison. Cela ressemblait à une conspiration.

Marie, à peine revenue de ses craintes et de ses frayeurs puériles, se mit à grommeler en les voyant s'éloigner tous les deux.

— Heu ! ça porte malheur, quand les croque-morts viennent de si bonne heure dans les maisons.

Puis elle ferma la porte de sa cuisine, tira le verrou, et, — pour elle le danger étant conjuré, — elle se remit à ses travaux culinaires.

Le vieillard qui venait d'entrer avec un certain mystère avait pour nom Pierre. Comme l'avait dit Marie, il était en effet croque-mort, — suivant l'expression vulgaire, — ou plutôt fossoyeur de la commune et même de deux autres villages avoisinants.

C'était un homme de soixante ans, avec de longs cheveux blancs qui lui tombaient sur les épaules, ancien militaire, non dépourvu d'instruction, — ce qui lui avait donné un certain vernis de philosophie. Il s'était adonné aux morts, lui qui n'avait plus aucun vivant à aimer sur terre.

Lorsqu'il était revenu d'Afrique, après plusieurs congés, il ne trouva que la maison où il était né ; quant à ceux qui l'habitaient, quelques croix à demi pourries, quelques tombes déformées, mal entretenues, étaient tout ce qu'il en restait.

Il se prit d'affection pour l'endroit où gisaient ceux dont le souvenir était si vivace dans son cœur ; il se fit l'aide du garde, — son prédécesseur, — et, quand celui-ci mourut, Pierre réclama sa survivance, ce qui lui fut accordé. De ce jour, quelques-uns de ses camarades l'évitèrent. Quand il entrait au café de l'endroit, on le fuyait ; aussi peu à peu s'éloigna-t-il d'eux, et prit-il son parti de cette exclusion. Il ne s'employait d'abord qu'à un cimetière ; il s'employa encore à ceux de deux autres communes des environs.

Voilà quel était l'homme qui s'enfermait avec l'abbé Morlat.

Si on avait eu intérêt à examiner Pierre à ce moment, on aurait remarqué chez lui une certaine agitation, égale au moins à celle du curé ; seulement il y perçait de la douleur et de la colère.

Décidément, il se passait quelque chose de grave entre ces deux hommes, d'une vie si tranquille d'ordinaire.

Pour que le prêtre se fût arraché à ses ouailles ; pour que Pierre se fût arraché à ses *jardins de Dieu*, comme il les appelait, il fallait qu'un événement bien important fût arrivé pour troubler aussi profondément deux existences toutes de paix et d'oubli.

Dès que la porte se fut refermée sur Pierre et le curé, — que celui-ci se fut assuré que Marie ne les avait pas suivis, — il se jeta au cou de Pierre.

— Pierre, mon pauvre Pierre, s'écria-t-il, que je suis malheureux !...

— Du courage... du courage, monsieur le curé, répliqua Pierre !... C'est bien triste... mais il ne faut pas vous laisser abattre.

— Oh ! maintenant avec toi, et ici, je n'ai pas de masque à garder... je puis pleurer enfin !

Pierre, sans mot dire, du revers de sa main, essuya aussi une larme, cette larme, si lourde, si difficile à retenir : la première.

— Jamais ce spectacle ne sortira de ma mémoire, continua l'abbé Morlat, et si je n'en deviens pas fou, c'est que Dieu ne le voudra pas et qu'il me soutiendra.

— Cependant ce n'est pas votre faute, s'il y a des... je ne peux pas trouver de nom pour de pareils misérables !... D'ailleurs, tout est arrangé à cette heure... On n'y voit plus rien, on n'en saura jamais rien.

— Oui ; mais, moi, je la verrai toujours, cette pauvre Louise, étendue sur la terre, — à peine recouverte par la neige qui était tombée pendant la nuit, — les lèvres bleues, les yeux grands ouverts et les dents serrées... Ah ! pauvre enfant !

— S'*il* revenait !... interrompit Pierre, poursuivant un monologue commencé tout bas.

— Oh ! ne dis pas cela ; c'est impossible !

— ... J'ai suivi les pas jusqu'au pied du mur ; là, dans les ronces, il n'y a plus de traces. Mais je n'ai pas fini de chercher...

— ... Et rien pour mettre entre les mains de la justice ! Rien pour faire prendre le coupable, rien ! rien ! rien ! !...

L'abbé se tut ; Pierre songeait. Au bout de quelques instants de réflexions intimes, l'abbé semblait avoir pris une détermination.

— Pierre, laisse-moi seul, dit-il ! J'ai pleuré, je me sens calme, je me sens fort. Il me reste à demander conseil à celui qui a tout fait, et qui, dans sa sagesse, a tout prévu. Laisse-moi donc, je vais prier ; et que Dieu inspire son ministre, qu'il l'éclaire, qu'il le guide, et nulle puissance humaine ou infernale ne prévaudra contre son serviteur et sa justice.

L'abbé Morlat s'était redressé. Il avait un air inspiré. Une sorte de transfiguration s'était opérée chez cet homme, tout à l'heure pusillanime et pleurant. Ses yeux étaient secs, la fièvre succédait à l'abattement, et l'homme grandissait réellement par la volonté qu'il avait de se rapprocher de Dieu.

Pierre se retira sans mot dire, respectueusement. Tout le long du chemin qu'il avait à faire pour se rendre à son gîte, on le vit hochant la tête ; et la grosse Jeanne, qui gardait des vaches dans un chemin creux, prétendit l'avoir entendu dire :

— C'est tout de même bien extraordinaire, tout cela!...

## II

### LE THÉATRE DU CRIME

Après le départ de Pierre, l'abbé resta longtemps dans la même position. Insensiblement il
s'assit devant son bureau, appuya le coude sur
la table, et sa tête descendit lentement se poser
dans sa main : le travail de la réflexion se
faisait.

Cette réflexion fut longue, ardente, absor-
bante, car plusieurs fois Marie, sans qu'il l'en-
tendît, vint frapper à la porte de l'appartement
pour avertir le curé que le déjeuner était servi.

Tout à coup il secoua la tête, prit une plume
et écrivit la lettre suivante à son évêque : c'était
le fruit de son recueillement.

2

« Monseigneur,

» Un fait horrible, et qui me semblerait un rêve effrayant si je n'avais trop de preuves pour en douter, vient de se passer dans la commune.

» Je crois de mon devoir de vous en informer le premier, et de n'agir ensuite que suivant vos instructions. La chose est si grave, l'aventure si inouïe, que je ne sais pas s'il est jamais arrivé rien de semblable. A vous, le pasteur, qui avez l'autorité et l'expérience, de me tracer mon devoir, de me guider dans cet événement, de me secourir dans cette épreuve.

» Je ne sais si vous avez bien présente à la mémoire la topographie exacte de ma modeste cure. Comme il est urgent que vous soyez bien renseigné, — que d'un autre côté une visite de vous à cette époque de l'année pourrait attirer des commentaires et prévenir le coupable, — je vais vous décrire le théâtre du crime dans tous ses détails; et, reprenant mon récit depuis le commencement de mes remarques, vous serez à même de juger de l'énormité du fait sur lequel j'appelle douloureusement votre attention.

» Pour aller du presbytère à l'église, — qui, comme vous avez pu le remarquer, est bâtie sur un petit mamelon de terrain à l'est du bourg, — il faut traverser une large route et monter quelque peu par un sentier tortueux. Chez nous, ainsi que dans la presque totalité des églises de la campagne, le cimetière entoure l'église ; une claire-voie, fermée par une forte serrure et une grande barre de bois, donne accès dans notre cimetière.

» Comme je ne manque jamais d'intercéder pour ceux qui ne sont plus, j'ai coutume, avant de dire ma messe, de me promener dans les allées funéraires, où je prie au milieu d'un silence admirable qui élève mes pensées et mon âme. A six heures en été, à sept heures en hiver, Pierre vient me rejoindre. C'est un brave homme qui remplit les fonctions de servant et de fossoyeur. Alors je vais à l'autel.

» Quelquefois, mais trop rarement, une paysanne souffrante, un paysan malheureux, viennent joindre leurs prières aux miennes.

» Le service achevé, je restaure quelques peintures qui s'écaillent, j'arrange l'autel, où m'exerce sur le petit orgue que Mme la marquise a donné à la fabrique l'été dernier, quand elle vint passer la belle saison à son château.

» Vers dix heures, je sors de l'église et vais visiter mes ouailles ou travailler chez moi.

» Ces détails ne sont pas inutiles. Par la suite de ce récit, ils vous mettront à même, Monseigneur, de comprendre que des allées et venues qui étaient dans mes habitudes n'ont surpris aucun des habitants qui prennent par le bas du cimetière pour se rendre dans la vallée à leurs travaux de tous les jours.

» Le 5 février, je me rendais à l'église. Au moment d'entrer par la sacristie, je remarquai qu'on avait gratté la terre qui recouvrait le cercueil d'une jeune fille — nommée Louise Desclaux — que nous avions enterrée l'avant-veille. Je m'approchai. N'ayant pu reconnaître exactement avec quel instrument on avait creusé — ou quel animal avait causé pareil dégât, et sans m'appesantir davantage sur ce détail, je piétinai la terre et fus dire ma messe.

» Je ne pensais plus à ce léger incident, lorsque dans la journée il me revint à l'esprit. Je me donnai immédiatement pour explication que quelque chien avait dû s'introduire dans le cimetière ; et même, à ce sujet, ayant eu l'occasion de rencontrer Pierre dans l'après-midi, je l'en-

gageai à fermer soigneusement les portes. Il
m'affirma qu'il n'y manquait jamais.

» Ce fut tout ; je n'insistai point.

» Le lendemain, 6 février, Pierre était rendu
avant moi au cimetière ; il s'occupait à relever,
de chaque côté de l'allée principale, la neige qui
était tombée en certaine quantité durant la nuit.

» Il faut vous dire, Monseigneur, que Pierre a
un culte profond pour les morts, et que nul plus
que lui n'est soigneux dans ce qu'il appelle la
toilette du jardin des âmes.

» Nous causâmes de choses indifférentes assurément, — car elles ne me reviennent point à la
mémoire, — et je m'acheminai vers l'église qui
était ouverte, ce qui fait que je n'eus pas l'occasion de passer devant la tombe de Louise Desclaux. Ce ne fut qu'une fois les offices terminés
que, le fait de la veille se représentant à ma
pensée, j'eus l'idée d'aller voir de ce côté.

» Je ne savais pourquoi, mais j'avais le cœur
serré et je vous avoue que je ressentis une bien
vive émotion lorsque je vis aux mêmes endroits
de nouvelles traces de fouilles, mais bien plus
accentuées et plus nombreuses que la veille.

» Il y avait un trou principal, assez profond
devant la tombe, et un second plus petit sur le

côté droit. Les autres — deux ou trois seulement
— étaient insignifiants. Un peu de neige les
garnissait!

» M. Laluyer, le maître de poste, m'ayant dit
plus tard que la neige n'avait commencé à
tomber que vers deux heures du matin et seulement jusqu'à quatre, je jugeai que la tentative
d'exhumation avait été peut-être arrêtée par elle.

» Mais qui avait intérêt à la faire ? — A cette
question que je me posai tout d'abord, je ne pus
trouver de réponse.

» Cette jeune fille avait été enterrée sans bijoux. — Sa famille est des plus considérées dans
le canton. — De plus, nul étranger n'avait été
vu rôdant depuis quelques jours. Je tenais ces
derniers renseignements de notre garde cham-
pêtre qui était venu faire son rapport au maire
tandis que j'y dînais. Il avait même ajouté
qu'ayant rencontré la plupart de ses confrères
des communes environnantes, il ne lui avait été
signalé aucun vagabond, aucun voyageur sus-
pect.

» Accuser un animal me parut la seule chose
présumable. J'appelai Pierre ; et, lui montrant
les trous faits en terre, je lui fis part de mes
soupçons.

» — Si c'étaient des renards?

» — Ce ne sont, me répondit-il, ni des loups ni des renards, — on n'en a point vu depuis une dizaine d'années. Je sais ce que c'est !...

» — Qu'est-ce donc?

» — Et je m'explique maintenant les aboiements de Job...

» Job, c'est le gros boule-dogue de notre boucher.

» — Figurez-vous, continua Pierre, que cette nuit, jusqu'à trois heures du matin, j'ai entendu ce chien aboyer et courir sur le chemin ; c'est probablement lui qui sera entré ; et vous savez... ces chiens de boucher... c'est certainement lui.

» — Crois-tu qu'il aurait pu franchir le mur?

» — Certainement ! Du côté de la sacristie, le mur n'a pas deux pieds de haut.

» C'était tellement vraisemblable, et j'avais si peu de raisons de croire qu'il en fût autrement, que je dis à Pierre de n'en pas parler, attendu que le fait étant ébruité, cela affligerait beaucoup la famille de la pauvre Louise, — une nièce du maire. — Que, de plus, cela pourrait attirer des désagréments au boucher; qu'il n'en fallait pas davantage souvent pour allumer des haines. Je l'assurai que je verrais M. Tartois, le propriétaire du chien, en le priant de ne pas laisser errer cet animal la nuit, Au besoin même, je lui dirais qu'on a vu les pattes de son chien marquées en plusieurs endroits du cimetière et tout autour de l'église.

» Pierre rangea la terre, combla les trous, et, nul gazon n'ayant encore poussé sur la tombe, nous étions tranquilles de tous les côtés.

» Dans la journée, je vis M. Tartois et lui fis en effet la prière de renfermer son boule-dogue, — ce qu'il me promit. Le lendemain et le surlendemain, rien d'extraordinaire ne s'étant manifesté, je n'eus plus à avoir d'inquiétudes.

» Pierre me reparla de cette affaire le lendemain, lorsqu'un peu troublé j'allai — dès mon arrivée — visiter la tombe de Louise.

» — Eh bien! monsieur le curé, vous voyez que c'était Job!... Mais, je puis vous le dire, maintenant, j'ai fait ma ronde cette nuit.

» Je serrai les mains de ce brave homme et nous reprimes tous les deux, sans arrière-pensée, nos travaux accoutumés.

» Mais le 9!...

» Ah! Monseigneur, le 9!!!

» Je m'étais levé de grand matin. Cet anniversaire était fatal dans ma vie. A pareille épo-

que, il y a vingt-sept ans, je perdais ma mère!
Dans la nuit je l'avais revue en rêve; elle pleurait, et chacune de ses larmes, qui tombaient
une à une sur moi, me brûlait le cœur. Je me
tordais, sans répit, sous l'étreinte d'un cauchemar horrible ; enfin, je pus m'éveiller !

» Craignant de retomber dans de pareils son-
ges, je m'habillai et lus quelques passages de la
*Cité de Dieu*, de saint Augustin.

» Néanmoins j'avais l'esprit troublé et le corps
inquiet. Ainsi que cela m'arrive fréquemment,
je sortis du presbytère pour aller méditer sur le
chemin, désert à cette heure matinale; mais, une
fois au dehors, je m'aperçus qu'il neigeait et qu'il
neigeait très fort.

» Rester sur la route, ce n'était guère possible ; rentrer au presbytère ne me souriait nullement ; je pris le parti d'aller à l'église : évidemment une puissance supérieure me poussait !

» En ouvrant la claire-voie qui donne accès
dans le cimetière, je vis une ombre, — moins
qu'une ombre, un brouillard, — se mouvant
dans la brume et qui, à mon approche, s'élança
par-dessus le mur du cimetière, à l'endroit qui
était le moins élevé.

» La forme s'était évanouie et je n'entendais plus aucun bruit !

» Je restai quelques instants comme frappé de stupeur, doutant de ce que j'avais vu, prenant ce qui arrivait pour une suite de mes rêves; mais, le courage me venant avec la réflexion, je courus dans la direction de l'église : on avait peut-être violé le sanctuaire !

» Hélas! trois fois hélas ! Ce n'était pas le sanctuaire qui avait été le but du sacrilège. L'église était fermée; mais une tombe était ouverte, et cette tombe était celle de Louise Desclaux !

» Non seulement le tombeau était ouvert, mais le corps de la jeune fille, retiré de la fosse, gisait sur les débris du cercueil ; la terre était bouleversée; le linceul déchiré était en lambeaux ; la croix à demi-déracinée penchait d'un côté et la jeune enfant, grimaçant un sourire qui me fit froid au cœur, semblait me regarder avec ses deux grands yeux morts, vitreux et tout ouverts.

» La neige étant venue à tomber plus épaisse, le corps de Louise et les débris de la profanation disparurent peu à peu sous ses flocons blancs. On eût dit que les cieux révoltés donnaient à la

pauvre défunte une sépulture, et qu'ils envelop-
paient d'un linceul, venant du Très-Haut, l'i-
mage du Créateur profanée dans sa créature
morte!

» Il m'est impossible de vous dépeindre mon
état dans ce moment terrible, et je continue mon
récit sans vous faire part de tous les sentiments
qui m'agitaient.

» La première pensée qui me vint fut que
Pierre était l'auteur de cette profanation — car,
maintenant, j'avais la triste, mais inébranlable
certitude, que c'était le fait d'un être humain. —
Je vins même jusqu'à trouver les semblants de
preuves de sa culpabilité dans sa manière d'être
et d'exister.

» Cet homme, me disais-je, vit trop constam-
ment dans les cimetières, cela n'est pas naturel :
il y a un mystère là-dessous !

» Je courus à l'habitation de Pierre, où j'ar-
rivai haletant, essoufflé, tremblant de ne pas le
rencontrer, frémissant à la pensée que j'avais
serré sa main.

» Ayant heurté vivement, j'entendis la bonne
grosse voix de Pierre me répondre un « *Qui
est là ?* qui chanta allégrement comme un *Alle-
luia* dans mon cœur. Mais le doute, chassé un

instant, y revint plus tenace. N'avait-il pu me devancer pour me donner le change?

» — Ouvre vite! ordonnai-je.

» — Qu'est-ce qu'il y a donc? demanda-t-il en ouvrant, du ton moitié contrarié, moitié surpris de l'homme réveillé en sursaut.

» Avant de lui répondre, je courus à ses effets étalés sur une chaise : ils n'étaient pas mouillés.

» — Ce sont tes seuls habits?

» — Non, j'en ai d'autres dans mon armoire.

» — Montre-les-moi.

» — Les voici, monsieur le curé.

» Son œil devenait interrogateur; il obéissait et j'interrogeais. Je sentis qu'à mon tour il allait m'interroger et que j'aurais non seulement à lui répondre, mais encore à m'humilier devant lui, moi son accusateur.

» — Où sont tes sabots?

« Il me les montra : ils étaient presque secs, et je les trouvai posés devant les cendres d'un feu allumé par Pierre dans la soirée. Une remarque était à faire, que je fis la dernière et par laquelle j'aurais dû commencer : voir la trace des pas sur la neige; c'était si simple que je n'y avais pas songé. Je fis le tour de la maisonnette, et, rentrant chez Pierre, les mains croisées sur la poitrine, je m'inclinai devant lui :

» — Pierre, pardonne-moi ! lui dis-je.

» — De quoi suis-je accusé ?

» — Cette nuit un sacrilège a été commis : Louise a été déterrée !

« Uu éclair traversa son regard ; je vis, — ou crus voir, — sa main se lever... puis il dit :

» — Ah ! par exemple, il faudra le trouver, celui-là !

» Il y avait une tempête contenue dans ces quelques mots. En un instant il fut habillé, passa devant moi, et, sans parler ni l'un ni l'autre, nous retournâmes au cimetière.

» Là, sans réfléchir aux suites de l'affaire, instinctivement, nous remîmes le cadavre dans la bière, et le couvercle par-dessus.

» Après avoir ramassé tous les débris du suaire, la terre fut replacée, la croix redressée, la neige éparpillée, et celle qui tombait toujours recouvrit le théâtre du crime : la main de Dieu effaçait les preuves qui eussent appelé la justice des hommes !

» — Vous étiez levés de bien bonne heure ce matin, vous et votre curé, dit à Pierre le boucher en se rendant à un marché de bétail.

» — C'est l'anniversaire de la mort de sa mère! répondit-il.

» Cette explication fait que l'on ne saura jamais, dans le pays, le vrai motif de mes allures de la journée, car j'ai les yeux rouges, Monseigneur, et la fièvre me fait trembler. Je sens comme un poids sur la poitrine. Il me semble à chaque instant que je vais mourir, et la plus ardente prière que je fais est de vivre assez longtemps pour trouver et réconcilier le coupable.

» Par ma faute, le criminel ne sera pas recherché. Au lieu de prévenir l'autorité, j'ai fait disparaître les traces de la profanation. Je sais bien que la justice divine ne perd jamais sa vengeance; mais n'ai-je pas dépassé mes droits en ne laissant pas son rôle à la justice humaine?

» En réfléchissant à cette précipitation de ma part, je l'ai rattachée au mobile secret qui m'avait poussé de si grand matin hors du presbytère, et je dois vous dire toute ma pensée à ce sujet.

» Ici, Monseigneur, permettez-moi de grandir la cause à la hauteur de l'offense. Nulle loi humaine n'a prévu de semblables faits, qui ne sont même pas des crimes atteignant la société, puisque l'individu mort n'en fait plus partie.

» C'est donc un crime d'autant plus grand, que nulle loi ne l'atteint; c'est donc une offense d'autant plus détestable, que l'homme n'a pas songé à la punir, ne songeant pas qu'elle se puisse commettre. Le coupable ne me paraît pas avoir eu en vue le vol.

» Je viens donc vous demander si je ne dois pas rechercher moi-même le coupable, non pour le traîner aux pieds des tribunaux, mais pour le traîner aux pieds d'un Dieu qu'il a si grièvement offensé dans son image et sa ressemblance; car un scrupule m'obsède, une réflexion m'atterre : si le criminel allait ailleurs recommencer ses profanations ?

» S'il allait prendre ma précipitation à couvrir sa faute pour de l'impunité ?

» Assurément, il est de la commune : et je dois le connaître; il faut l'amener à avouer son crime, qu'hormis vous et Pierre personne ne saura jamais.

» N'ai-je pas un nouveau but à ma vie : la découverte du sacrilège du tombeau de Louise ?

» Néanmoins, Monseigneur, j'attendrai vos ordres.

» Je vous prie d'agréer mes salutations les

plus respectueuses, et de m'accorder votre béné-
diction épiscopale.

> » L'abbé MORLAT,
> » *Curé de X\*\*\**.

» *P.-S.* — Pierre a prévu le cas, presque im-
probable, où le sacrilège reviendrait cette nuit.
« — Nous veillerons, » m'a-t-il dit.

» Je le laisse faire! Brave cœur, honnête homme,
que j'ai accusé à la légère — ce dont je ne me
consolerai que difficilement.

» Demain, j'ajouterai ce qui se sera passé
pendant la nuit, s'il y a lieu de le faire. Pierre lui-
même vous remettra cette lettre. Demandez-lui ce
qui ne vous paraîtra pas suffisamment expliqué,
et si, toutefois, Monseigneur, vous croyez devoir
me répondre, vous pourrez le lui dire, il me le
rapportera fidèlement.

» Je n'ose vous prier de me l'écrire... c'est si
grave !...

> » François MORLAT,
> » *Prêtre*.

» 9 février . »

# III

## LES VEILLEURS DU CIMETIÈRE

Vers six heures du soir, Pierre revint au presbytère. Il frappa ; ce fut Marie qui lui ouvrit.

— Monsieur le curé est-il là, Marie ?

— Oui, *môssieu* Pierre, répondit Marie, qui
n'aimait pas les familiarités ; oui, il y est, et
même o ù vous l'avez laissé. Plus de vingt fois
j'ai été tambouriner à la porte ; il ne m'a seulement pas répondu. D'abord, j'avais craint qu'il
ne lui fût arrivé quelque chose, mais comme je
l'entendais remuer et parler de temps en temps,
je n'ai plus frappé, et le déjeuner est à réchauffer
depuis midi.

— Vous ne vous rappelez donc pas que c'est

aujourd'hui l'anniversaire de la mort de sa
mère?

— Si, j'y ai bien pensé! mais... ainsi, vous
croyez que c'est pour ça?...

— Et pour quoi donc?

— Au fait, c'est vrai!...

Et ils continuèrent à causer.

Pierre avait son plan. Il voulait dissiper tous
les soupçons de Marie, qui ne pouvait manquer
de croire à quelque chose d'extraordinaire. De
son côté, celle-ci se départissait un peu de sa
crainte de Pierre, parce qu'elle n'avait pas
causé de toute la journée, et que chez elle les
démangeaisons de langue atteignaient rapidement leurs dernières limites.

Ne pas parler! C'était la même chose que si
on lui eût arraché les *vingt ongles* ou soustrait
les trente-sept francs qu'elle conservait dans un
vieux bas, caché tout au fond de sa vieille malle.

Plus d'une fois, elle avait été surprise en con-
férence avec le chat de la maison, auquel elle
racontait sa manière, sans égale, de confec-
tionner le salmis de perdreau et la confiture de
coing, sans que pour cela, — il faut le dire, —
l'animal félin en devînt plus cuisinier.

— Il écoute comme un chrétien!

Telle était l'opinion sincère de Marie sur le compagnon de sa solitude.

Elle se rattrapait donc avec le fossoyeur de son mutisme forcé de toute la journée, et Pierre poursuivait son but.

La servante du curé est une autorité dans un petit village, et il lui suffisait de dire à n'importe qui : « — Monsieur le curé est bien peiné ; c'est aujourd'hui l'anniversaire de la mort de sa mère ! » pour que cela devînt parole d'évangile et coupât court à toutes les suppositions cancanières et malveillantes que des cerveaux de villageois inoccupés auraient pu forger.

C'est ainsi qu'on passe le temps à la campagne et à la ville.

La causerie allait bon train, et Marie commençait à s'avouer à elle-même que Pierre n'était pas si désagréable qu'elle se l'était imaginé (Pierre avait toujours été fort sauvage ; il ne venait que très rarement à la cure, et ce n'était que pour échanger quelques mots et s'enfuir), lorsque l'abbé Morlat, avec son calme habituel et de sa voix la plus ordinaire, interrompit leur conciliabule.

— Bonsoir, Pierre ! dit-il. J'ai grand'faim, Marie !

— Ah! ce n'est pas étonnant ! Jésus, mon Dieu ! Rester toute une journée sans rien manger !...

— C'est un déjeuner d'économisé !

— Il était là à midi, votre déjeuner, et il va sonner les six heures... J'ai fait le dîner !

— Pierre, veux-tu rester ?

— Merci bien, monsieur le curé.

— Si tu refuses, je croirai que tu es fâché après moi.

— Fâché?... Non... ; mais pas content... Oh ! oui, murmura Pierre entre ses dents.

— Alors, tu restes ?

— Si c'est pour vous faire plaisir ?...

Le dîner fut silencieux.

Marie maugréa tout le temps ; personne ne lui parlait.

Après le repas, l'abbé retourna s'enfermer dans sa chambre, et Pierre quitta le presbytère, non sans avoir dit au curé, en dehors de la présence de la servante :

— Je serai ici à dix heures.

A l'heure indiquée, Pierre poussait la porte ; l'abbé Morlat attendait.

— Que sais-tu depuis ce matin ? Nous n'avons guère eu la faculté de causer à dîner.

— Vous ayant quitté, je suis retourné au cimetière, et j'ai suivi les pas jusqu'auprès du mur où *il* avait passé ; mais comme les dernières traces semblaient indiquer qu'il était descendu du côté du ruisseau, au bas de la colline, avec beaucoup de patience et de recherches, faites sans affectation, j'ai retrouvé deux marques de pieds près du ruisseau, vis-à-vis du grand bouleau blanc. La neige étant un peu enfoncée, je l'ai grattée avec précaution. A une profondeur de quatre pouces environ, j'ai vu les mêmes empreintes que celles qui étaient tout autour de la tombe de Louise.

— Cela ne dit pas grand'chose !

— Que voulez-vous?... S'il ne dépendait que de moi de le retrouver...

— Continue.

— A ce moment, il a dû prendre un élan et sauter le ruisseau. Je n'en doute pas, car les deux pieds sont presque à côté l'un de l'autre et assez enfoncés pour faire comprendre qu'il a fait un effort à cet endroit de sa course. De plus, la distance entre la marque de ces pieds et le ruisseau est de deux mètres; et rien dans l'eau, qui coule assez rapidement, n'a pu me mettre à même de retrouver ses traces; j'ai bien fouillé de l'autre côté, mais inutilement.

— Ce qui m'effraye, c'est que tout, dans cette affaire, dénote de la part de son auteur une préméditation qui avait tout prévu, même la fuite !

L'abbé prit un livre où il se mit en devoir d'inscrire les détails qu'avait recueillis son confident ; et, pour occuper Pierre pendant ce temps, il lui donna à lire la lettre qu'il écrivait à son évêque.

— De la sorte, dit l'abbé Morlat en renfermant son registre, rien ne s'oubliera.

Ils furent ensuite tous les deux se renfermer dans l'église. Ils y entrèrent par la grande porte laissée ouverte dans la journée, et se réfugièrent dans la sacristie où un vitrail blanc donnait vue juste sur la tombe de Louise.

Avec son couteau, Pierre enleva un des petits losanges du vitrail. Dans l'effort qu'il fit, pour le retirer de son alvéole de plomb, son manteau s'ouvrit assez pour que l'abbé pût voir la crosse de deux longs pistolets passés à sa ceinture, ce qui ne laissait guère de doute sur les intentions du fossoyeur.

— Est-ce pour l'effrayer seulement, ou pour le tuer ? demanda l'abbé.

— Quoi donc, monsieur le curé ?

— Ce que tu as... là ?...

— Euh ! Ça dépendra !... S'il était armé !

L'abbé ne dit plus rien ; mais Pierre continua à marmotter entre ses dents : « Oui !... oui !... pour l'effrayer !... Avec ça que Pierre jette s poudre aux moineaux ! Viens-y, chenapan, viens donc te frotter à moi, et tu verras comme je vais te couper la retraite... Le lâche ! il est capable d'oublier qu'il est attendu ici ! »

Agenouillé sur un prie-Dieu, bien enveloppé dans sa douillette, l'abbé songeait et priait. Un œil au vitrail, la main sur la crosse d'un pistolet à demi tiré de sa ceinture, Pierre veillait. Derrière le fossoyeur venait de reparaître le chasseur d'Afrique, habitué aux ruses des Maures et à la chasse à l'homme. Pour la dernière fois peut-être, Pierre avait repris, avec ses pistolets d'arçon, les qualités d'œil qui l'avaient fait surnommer dans son escadron le *lynx*.

L'attente fut inutile.

Vers cinq heures du matin, l'abbé retournait au presbytère en engageant Pierre à se retirer aussi, ce que n'eut garde de faire l'entêté guetteur.

Personne ne vint, nul bruit insolite ne troubla le silence de la nuit.

Au lever du soleil, Pierre vint chercher la
lettre du curé Morlat pour son évêque.

— Tu devrais prendre du repos, Pierre.

— Mais je vais me reposer dans la diligence.

— Enfin!...

Au palais épiscopal, on fit attendre quelque
peu Pierre; car ce dernier ne voulut remettre la
lettre à personne, insistant pour voir l'évêque et
lui parler; disant que la chose était sérieuse et
qu'il remporterait plutôt le tout que de ne pas
voir et de ne pas parler à celui vers lequel il était
dépêché.

Devant l'insistance du Champenois, — qui était
Breton de ce côté-là, — on le mena devant Monseigneur.

L'évêque lut attentivement l'épître et en relut
même certains passages, hocha souvent la tête,
interrogea Pierre, lui demanda quelques détails,
et ne put s'empêcher de sourire à la réponse de
Pierre auquel il avait demandé :

— Qui soupçonnez-vous?

Et qui répondit avec conviction :

— Tout le monde, Monseigneur.

Continuant ses observations avec bienveil-
lance, il regretta paternellement que dans une
précipitation fort respectable, et même très

louable en soi, on eût cru devoir passer outre aux exigences de la plus élémentaire prévoyance, et termina en disant :

— Voici ma réponse au curé de X***. Je regrette vivement, mais sans l'en blâmer pourtant, que les choses n'aient point suivi leur cours ordinaire, c'est-à-dire que l'on n'ait pas averti les autorités. J'aurais une responsabilité de moins, et l'abbé Morlat n'aurait pas la pensée que peut-être, par sa faute, de pareilles profanations se reproduiront du fait de la non-instruction du crime. Du moment que cela est ainsi, et qu'il n'y a point à y revenir, je ne puis donner d'ordres à cet égard ; je me bornerai à un conseil : qu'il fasse ce que sa conscience lui dictera, mais qu'il n'engage jamais le caractère sacré dont il est revêtu.

Pierre s'inclina. L'audience était levée. Le soir même il rentrait au village de X*** et racontait à son curé le résultat de sa mission.

— Qu'allez-vous faire maintenant? interrogea-t-il.

— Ce que m'a déjà dit ma conscience d'honnête homme et de prêtre : chercher le coupable.

— Me permettez-vous de vous demander si c'est pour le remettre entre les mains de la justice?

— Non; c'est pour lui imposer telle pénitence que jamais tribunal n'aurait osé prononcer.

— Cela ne vaudra jamais un bon cachot.

— Veux-tu continuer à m'aider, Pierre?

— Je le veux bien, monsieur le curé ; mais si c'est moi qui le trouve....., je ne connais que la gendarmerie.

# IV

## LE PRÊTRE ET LE SOLDAT

Ces deux hommes, Pierre et l'abbé Morlat, si différents de sentiments, devaient naturellement, dans leurs recherches, différer totalement de manière de procéder.

Pierre, raisonnement matériel, s'inquiéta de tous ceux qui étaient enrhumés ou qui avaient les mains rouges : *ruisseau*, *ronces*, tels étaient ses mots d'ordre pour l'instant. Tous ceux qui dans le bourg éternuaient, tous ceux qui avaient les mains déchirées, étaient sûrs de figurer sur sa liste.

Cette liste s'allongea démesurément.

Il s'embrouilla tellement qu'il finit, sans rien

perdre de sa défiance, par s'en remettre un peu au hasard.

Une fois les corizas passés et les mains guéries de leurs blessures, Pierre perdit son latin.

L'abbé Morlat procéda autrement.

Le moral d'un homme qui avait commis un pareil acte ne pouvait être le même moral que celui d'un autre homme auquel le même acte aurait répugné. Les traces matérielles s'effacent, les taches morales s'aggravent; c'est le raisonnement que s'était fait l'abbé; aussi mûrit-il lentement son plan. Lorsque Pierre avait perdu tout espoir, l'abbé Morlat se mit résolument en campagne.

Voici deux lettres que nous trouvons ouvertes sur son bureau; prenons-en connaissance :

« A Monsieur X. Robert, *docteur en médecine, rue de la Paix, à Paris.*

» Mon cher Xavier,

» Tu auras peut-être quelque peine à te rappeler mon nom; mais je n'aurai qu'à te citer, au hasard, quelques-uns des nombreux tours, quelques-unes des mauvaises farces, que tu me fis au collège d'Angoulême, pour que tout aussitôt,

j'en suis sûr, tu t'écries : « C'est lui, je le recon-
nais ! »

» Pendant que je faisais mes devoirs, — j'étais
avec toi en sixième, — tu excellais à me coller
des morceaux de papier derrière le dos : la classe
éclatait de rire, et j'allais à la retenue expier tes
fautes ; c'est encore toi qui, au dortoir, me
mettais des croûtes de pain dans mon lit ou qui
fourrais une nichée de souris dans mon képi ;
c'est toujours toi qui avais disséqué mon petit
nom en disant qu'il contenait à la fois ce qu'il y
avait de plus spirituel et de plus bête au monde
(*France-oie*).

» Te souviens-tu, mon camarade, de François
Morlat ? — Oui, n'est-ce pas ?

» J'ajouterai, aussi, que tu fus en grande
partie la cause de ce que je quittai les bruyantes
études universitaires pour celles plus calmes du
séminaire ; et si, au lieu d'être avocat, notaire,
soldat ou limonadier dans la vie, je suis prêtre,
c'est que tu me représentas le monde avec ses
agitations perpétuelles , ses turbulences sans
but, ses avanies sans raison, et que je lui préfé-
rais le sacerdoce avec ses solennelles quiétudes.

» C'est parce que je pense bien que tu n'as pas
oublié ton principal souffre-douleur, — que tu

dois te le remémorer en ravivant ces souvenirs
du collège, si chers à tout le monde et à tous les
âges, — que je t'écris et te demande tout d'abord
un service.

» Je m'occupe en ce moment de droit canon,
de théologie et de morale. Parmi les questions
qui se sont tout d'abord présentées à mon
étude et à mes observations se trouve celle
du *sacrilège*; à ce sujet, pourrais-tu me donner,
avec l'autorité qui vient d'un homme de ton talent, la notion exacte de ce qui caractérise
l'aliénation mentale et, entre autres choses, les
caractères et les symptômes physiques et moraux de la folie étrange qui pousse les vivants à
avoir commerce avec les morts? Profanation
de tombes surtout.

» C'est du plus grand intérêt pour moi et je
me recommande à tes diligences.

» Je suis toujours, dans la mesure de mes
moyens, ton bien dévoué dynanomètre.

                              » François MORLAT,
                                » *Curé de X\*\*\**.


» *P.-S.* — Frappe, mais réponds. »

La seconde lettre, moins mûrie, moins bien peinte, était adressée

« *A Monsieur* DANIEL JOURDAN,
» *à Trévoux.*

« Mon bien cher ami,

» Depuis ma dernière lettre, à laquelle je pensais que tu répondrais, je me suis mis en quête de documents bizarres sur certains faits inconcevables, et, en te demandant les secours de tes lumières, tu me vois, une fois de plus, décidé à presser fortement l'*éponge de ta science* et de tes connaissances nombreuses.

» As-tu entendu parler, as-tu lu quelque part, que des personnes aient été déterrées dans un cimetière?

» Maintenant que je me creuse la tête, n'y a-t-il pas quelque chose d'analogue dans une chronique du temps de Froissart?

» Si oui, fournis-moi la possibilité de me procurer tous les précédents de ces crimes. Quelques découvertes que j'ai déjà faites sur ce terrain épouvantable m'ont inspiré le plus vif désir de rechercher les causes de pareilles profanations.

» Plus que tout autre, par la nature de mes

fonctions, je dois chercher à sonder ces mystères
où le cerveau enfante de si incohérentes chi-
mères, et à éclaircir ce qui, — dans l'ordre
moral ou physique, — peut porter la nature
humaine à méconnaître les répulsions les plus
naturelles et à mettre dans un oubli aussi grand
et aussi complet ce qu'il y a de plus sacré au
monde : le repos des morts !

» S'il y a quelques débours à faire pour se
procurer ces documents, ne ménage pas ma
bourse. Je comprends maintenant l'ardent amour
du bouquin et je vais jusqu'à regretter, — pour
la première fois de ma vie, — le séjour des villes
et la proximité des bibliothèques publiques.

» J'attends la bonne et longue visite que tu
me fais tous les ans pour le plus tôt possible, et
me dis toujours ton bien affectionné et dévoué.

                              « François MORLAT,
                                   » Curé de X***. »

Ces deux lettres furent mises à la poste.

Quelque temps se passa sans qu'aucune réponse leur fût faite. L'abbé visitait très assidû-
ment toutes ses ouailles ; et Pierre, sans prévenir
le curé, se bornait à continuer, toutes les nuits,
des factions aussi infructueuses que pénibles.

V

## LE COUPABLE

Pendant que Pierre et l'abbé Morlat se livrent
à leurs recherches, nous reviendrons un peu sur
les événements qui avaient signalé la nuit du
9 février, lorsque le curé avait pénétré dans le
cimetière, vers cinq heures du matin.

Un homme avait fui!...

Cet homme sauta par-dessus le mur de clôture
et tomba dans un bouquet de ronces.

Suffoqué, il resta immobile. Les deux mains
fortement appuyées sur la poitrine, comme pour
comprimer les battements de son cœur, il ne
bougea plus : on l'eût dit pétrifié. Son regard
cherchait à pénétrer les ombres. L'oreille tendue,
il écoutait avec toute sa volonté de comprendre

4

ce qui se passait dans le cimetière ; mais le mur
qu'il venait de franchir l'empêchait de voir
comme son trouble l'empêchait d'entendre.

Des pas précipités firent craquer la neige.
Anxieux, frémissant, ressentant alors toutes les
terreurs du criminel, il comprit, au bruit qui
devenait de moins en moins distinct, que l'abbé
quittait le cimetière ; et, en effet, il le vit sortir
en courant du côté du bourg.

— Il va chercher du renfort et ameuter le
village, pensa le coupable.

L'instinct de la conservation lui rendit
quelque énergie ; le curé ayant disparu, lui aussi
se mit à courir, — mais en sens inverse, — tout
droit devant lui et sans but.

Son chapeau étant tombé dans la course, il se
retourna pour le ramasser ; mais ayant cru voir
un fantôme, ou une personne qui le poursuivait,
il fit un bond prodigieux et alla rouler dans un
ruisseau assez large, celui qu'avait signalé
Pierre. En se relevant, il se sentit blessé à la
cuisse ; de plus, il avait le poignet foulé.

— Mon Dieu !... mon Dieu !... murmura-t-il,
épargnez-moi !

Au travers des arbres, il voyait le démon des
vengeances,

Après quelques pas faits dans l'eau, qui le glaçait, il monta sur le talus du fossé, rejoignit le grand chemin, qu'il traversa, prit un petit sentier et s'arrêta devant une porte qu'il ouvrit.

C'était la porte d'une maison un peu isolée et d'une assez jolie apparence, d'une maison toute blanche avec des volets verts, qui eût attiré le pinceau de Corot. Tout était vert et séduisant dans le paysage qui l'entourait. Coquettement posée sur le bord d'une large route, — route départementale pour le moins, — un grand jardin, soigneusement entretenu, s'avançait dans des terres labourées et cotoyait un bois touffu où le chêne et le néflier se mariaient en massifs plantureux. Quoique cette maison n'eût qu'un premier étage, elle se recommandait par sa propreté qui lui donnait un air de modeste aisance. Au-dessus d'un petit balcon se dressait la hampe d'un drapeau.

Ce drapeau était évidemment l'indice d'un caractère officiel attaché à ce bâtiment.

Ce n'était pourtant ni la mairie, non plus la classique masure servant de caserne aux gendarmeries villageoises :

C'était l'ÉCOLE !

Suivons toujours le sacrilège,

Il se précipita dans une chambre et se laissa tomber sur le lit, où une sorte d'évanouissement, provoqué par l'émotion, l'eau, le froid et la fatigue, l'étendit sans connaissance.

Nous en profiterons pour jeter un coup d'œil sur l'intérieur de l'homme que nous avons suivi depuis le cimetière, au moment où l'abbé Morlat avait, par sa présence inattendue, arrêté l'accomplissement de ses étranges projets.

Un petit lit en fer occupait l'un des quatre coins d'une grande pièce située au premier, pièce dont la destination aurait été plutôt celle de grenier à foin ou de magasin à céréales que celle de chambre à coucher.

Le lit était plus que simple, il était misérable.

Un matelas étique remplaçait sans avantage les planches d'un lit de camp comme on en voit dans les corps de garde.

Un grand crucifix de plâtre, — cloué sur une croix de bois noirci qui en faisait valoir tous les tons mats, — dominait la couche ; un bénitier de vulgaire faïence blanche et une image d'Épinal, représentant saint Charles Borromée, la palme du martyre à la main, complétaient la décoration des murs nus et blanchis à la chaux. Une table de nuit primitive, — quatre pieds et une planche,

— soutenait, en même temps que l'ustensile qui lui est spécialement attribué, une chandelle à moitié consumée, un tome dépareillé de la *Correspondance de Voltaire*, ainsi qu'un éteignoir sale et gras reposant sur un *Eucologe* noir, non moins gras que lui.

Deux chaises communes, grossièrement rempaillées, meublaient vainement l'immensité de cette pièce ; — l'une, adossée au pied du lit, soutenait des effets ; l'autre était placée devant une table surchargée de livres classiques, de cahiers, de notes, de livres déchirés et de différents jouets d'enfants, dont la présence était expliquée par la pratique de la confiscation, si chère aux instituteurs de tous rangs et de tous âges.

Une armoire démantelée, et grande comme elles l'étaient jadis à la campagne, garnissait un des côtés de la chambre ; un coffre d'une taille gigantesque lui faisait pendant. Mais rien, dans tout ce qui frappait l'œil, ne reposait la vue, ne satisfaisait le regard.

Il y avait du malheur dans ces hardes éparses, comme il y avait du désordre dans ces papiers en tas.

Au moment où nous achevons notre inven-

taire circulaire, et que nous nous trouvons une seconde fois devant le lit, un corps bouge, un bras
s'étend, une voix murmure des paroles inarticulées. Un homme se lève, ses yeux s'entr'ou-
vrent; il ferme la bouche et regarde : il est seul.
Sa confiance renaît, mais son œil hagard trahit
encore ses craintes et ses appréhensions.

L'évanouissement ayant cessé, il se releva ;
mais, ayant jeté un coup d'œil sur lui, il se dé-
pouilla promptement. Des vêtements qu'il quittait, il fit un paquet qu'il enfouit au plus profond
du coffre. Ensuite il se coucha sans avoir allumé
sa chandelle.

Dire qu'il resta éveillé n'est pas nécessaire. La
faute entretient la crainte, comme le remords
aiguillonne l'insomnie.

— Son cerveau troublé lui faisait percevoir des
bruits étranges. Il entendait les chevaux de la
gendarmerie, et à chaque instant il lui semblait
que l'abbé Morlat, se transformant en accusateur
public, venait l'arracher de son lit pour le livrer
aux représailles d'une famille outragée et à la
vindicte des lois.

Rien de tout cela ne se produisit. L'aurore
diffuse de février réveilla les hommes des
champs, et le forgeron, qui avait du travail

pressé, fut le seul qui, vers six heures du matin, faisait retentir les échos de la vallée.

Le coupable, nous le connaissons ; maintenant, nous allons voir qui il est.

# VI

## L'ÉTAT CIVIL DE M. CÉLESTIN

Célestin, l'instituteur primaire, avait environ trente ans. C'était un homme de moyenne taille, un peu maigre. Sa figure osseuse et ses cheveux plaqués sur les tempes lui donnaient à la fois un air pédant et mystique, mais sans cafarderie. On le comprenait capable d'autres fonctions que celles de pédagogue et de magister de village.

Presque distingué, mais sans élégance, il n'était pas sympathique dans la commune. Trop raide avec les paysans, — qui disaient qu'il était fier, — il n'était pas assez flatteur ou rampant avec les gros propriétaires ; aussi ne les voyait-il guère.

Contrairement à la règle générale, il n'était ni le valet du curé, ni l'humble serviteur du maire, quoiqu'il fût pourtant secrétaire de la mairie. A son arrivée dans la commune, il raya des fonctions de son prédécesseur celles de sacristain, de sonneur de cloches et de chantre au lutrin.

— Je suis ici pour apprendre ce que je sais aux enfants qui seront confiés à mes soins, avait-il dit au curé, mais non pour balayer l'église et montrer ma belle voix le dimanche.

Ce qu'il n'avait pu faire sans refroidir la situation.

On jasa sur le nouveau venu et quelqu'un du bourg apprit à ses concitoyens, — comment le savait-il ? — que ce nouveau venu était quelque noble ruiné, à ce qu'on lui avait dit à Paris ; mais que lui avait de bien meilleures raisons pour croire que c'était le fils naturel de quelque grande dame, et que sa fierté et son arrogance venaient de cette naissance qui, quoique irrégulière, l'enorgueillissait au dernier point.

— Il se croit le fils de quelque noble, hasarda la belle-sœur d'une tante du cousin du maire. Ces bâtards sont tous orgueilleux comme des mendiants espagnols !

La naissance de Célestin n'était pas régulière, en effet.

En 1837, de demoiselle Charlotte Célestine, et de père inconnu, — pour l'état civil, — naquit un enfant mâle.

L'état civil de sa mère n'offrait guère un extrait de naissance plus complet; elle avait été trouvée sur le parvis de Saint-Eustache et recueillie dans un couvent qui s'était chargé d'elle dans l'espoir que peut-être de nobles parents viendraient un jour la réclamer : on avait trouvé sur elle une magnifique chemise brodée; mais à vingt ans on s'en débarrassa.

Jetée à cet âge sur le pavé de la grande ville, au sortir de l'établissement qui avait élevé sa jeunesse et nourri son âme, ayant un état et beaucoup de religion, Charlotte se mit en quête de travail et en trouva; puis elle se réfugia dans les hauteurs du faubourg Saint-Denis, et entra résolûment dans la carrière de labeurs où le bonheur viendrait la trouver s'il devait jamais exister pour elle.

Sa vie, monotone et sereine, s'écoulait dans une quiétude qui semblait ne pas devoir être troublée.

Mais rien n'est durable.

Le temps, qui émiette le granit et lime le
bronze, ne respecte ni le bonheur ni le malheur.
La beauté s'efface, le crime s'oublie et les trans-
formations humaines ne sont comparables qu'à
celles du serpent qui, à certaines époques, dé-
pouille le vieil homme et fait peau neuve.

Dans la solitude où elle vivait, tranquille sinon
heureuse, un flâneur vint à passer. Quand il
était enfant, ce passant dénichait les oiseaux;
maintenant il courait le *guilledou* avec non
moins d'ardeur qu'autrefois les buissons.

Sans être belle, Charlotte était fraîche et
jeune. Son sourire était doux et, selon la locu-
tion chérie des viveurs de l'époque, elle avait le
*pied mutin* et *l'œil fripon*. Ce fut assez pour
qu'un coureur d'aventures s'attachât à ses pas et
se fît son cavalier servant.

Sortait-elle? — Elle le trouvait non loin de
chez elle, épiant ses démarches.

Allait-elle loin, bien loin? — Il la suivait sans
se laisser rebuter par la longueur de la course.
Venait-il à la perdre? — Revenant sur ses pas, il
l'attendait au gîte, c'est-à-dire assis à un café
situé presque devant la porte de la maison
qu'habitait la jeune fille.

A force de la suivre et de l'attendre, il vint à

lui parler; elle lui répondit sèchement la première fois, plus poliment la seconde : Georges
n'était pas mal du tout.

Ce qu'ils se dirent?... vraiment cela est connu.

Ces romans, — ébauchés entre une œillade à
la fenêtre ou une rencontre à la promenade, —
ont un dialogue plus stéréotypé encore que les
éditions dues au procédé Hermann.

— Mademoiselle, — dit l'un, — depuis que je
vous ai vue pour la première fois, etc.

— Mais, monsieur, — répond l'autre après
avoir fait cent pas sans oser parler tant le cœur
lui bat fort — je ne vous connais pas, etc., etc.

— Le bonheur que j'éprouve à vous parler, etc.

— Je ne sais pas ce que vous pensez, monsieur ! Laissez-moi, etc.

Phrases ridicules, grotesques ; menue mon-
naie de langage qu'on échange en attendant les
baisers bruyants et les caresses passionnées.

Le jeune homme est câlin; la jeune personne,
comme la Minerve antique, se drape chastement
dans une ingénuité pudique ; mais le démon des
sexes détache sournoisement le manteau, et ce
n'est pas sans y laisser des plumes que le gibier
se laisse approcher par le chasseur, surtout
lorsque celui-ci feint d'être maladroit.

Richelieu, le duc régence, prétendait qu'il y avait trois manières de se faire aimer des femmes : la force, la ruse et l'impertinence. Il en oubliait une quatrième, le raffiné : l'innocence, ou tout au moins son apparence. L'innocence !... bouquet virginal ! Fleur immaculée ! que ne voit pas sans désirs le sexe contraire ! rose blanche, en un mot, dont la fable païenne veut que Vénus ait, avec son sang, teinté d'aurore les pétales amoureuses de la fleur des amants.

Rien n'est banal comme la vie, rien n'est dramatique comme les circonstances qui l'accidentent. La vie est un fleuve, dit-on, soit ; mais ce sont les berges alors qui en font tout le charme.

Le jeune homme se fit écouter, il plut et sût se faire aimer.

C'est de cette rencontre que naquit Bernard Célestin.

Le jour où la fillette sentit remuer dans son sein l'être à peine formé, — et que déjà elle aimait tant ! — elle eut peur. Non pas pour elle, — la faute commise n'engageait qu'elle-même, — mais pour l'enfant :

— Quelle existence sera la sienne ?

Point d'interrogation qui se dresse sur les berceaux de l'enfance. Enjoué, séduisant et encore très amoureux, lorsque Georges, — son amant, — vint le soir même dans la chambrette de Charlotte, à qui le secret de sa maternité était maintenant révélé, la jeune fille était devenue femme parce qu'elle était devenue mère.

Elle attendait cette arrivée avec impatience, car elle avait *quelque chose* à lui annoncer. Depuis la découverte qu'elle avait faite elle allait, venait, inquiète, troublée, joyeuse, regrettant surtout d'avoir déchiré mal à propos un drap de toile qui aurait fait de si jolis drapeaux pour le bébé futur.

Drapeau! — Ce mot glorieux et mystique qui conduit les armées au combat est donné par les mères à *l'indispensable* de leurs enfants, comme pour relever par un mot sacré les taches inconscientes du fruit de leur sein.

— Georges, dit-elle en allant au-devant de son amant qui entrait, m'aimes-tu?

Adorable question à laquelle il répondit en l'embrassant.

— Tu sais?... je suis mère, s'écria-t-elle avec ravissement, la bouche souriante et l'œil brillant de plaisir,

Et vivement émue elle pencha la tête, — hon-
teuse et fière, — sur l'épaule de Georges.

Cette nouvelle produisit un effet tout contraire
à celui qu'en attendait la pauvrette. Pour son
amant, c'était une situation inattendue et embar-
rassante, qui modifiait singulièrement la sienne.

On s'aime, c'est bien ; car on ne s'épouse pas
pour cela. Mais lorsqu'un enfant naît d'un de
ces accouplements,

> Qui sous l'œil de Dieu
> S'en vont deux par deux,

— ce qui simplifie diablement les formalités, —
c'est un lien, et l'on ne voit pas arriver cette
échéance humaine sans regretter bien souvent la
signature du billet.

Au lieu de se réjouir ou de s'écrier : « Merci,
mon Dieu ! » comme cela se pratique dans les
drames du bon Bouchardy ou dans les cata-
falques en cinq actes de M. Dennery, Georges, la
tête baissée, réfléchissait vexé et murmura un
« tant pis ! » qui fut un coup bien douloureux
pour Charlotte.

Elle n'avait pas d'expérience ; elle ne connais-

sait de la vie que ce que son travail quotidien et
l'amour de Georges lui en avaient fait voir, mais
elle comprit alors que la vertu n'est pas un mot
sans signification et la faute une simagrée sociale. Elle admira, tout au fond d'elle-même,
ces matrones singulières — dont on se moque
en les désignant sous le nom de *vieilles filles* —
et qui peut-être, célibataires pauvres, n'ont la
livrée de sainte Catherine que parce que, ne pouvant aller droit à l'autel, elles avaient répugné à
prendre un sentier détourné. Ces vieilles femmes
chez qui, pour être ridée, séchée, fanée, la chas-
teté n'en est pas moins entièrement conservée,
lui apparurent comme des Titans, dont la vertu,
— c'est ici le mot propre, — est si haut placée
que les cancans des prostituées et les gorges-
chaudes des libertins ne peuvent arriver jusqu'à elles.

— Et moi je suis *fille-mère !*

Ne pouvant parler, Célestine se mit à pleurer.

Georges réfléchissait toujours : — « Comment
sortir de là ? » Telle était sa préoccupation.

Qui sait, — et maintenant cela venait à l'idée
de la jeune fille sans parents, — si sa mère ne se
trouvait pas dans sa position lorsqu'elle l'exposa
sur les dalles d'un temple chrétien ? Qui sait si

son père n'était pas un Georges et sa mère une Charlotte?

— Il y a donc des existences condamnées! pensa-t-elle.

Et elle pleurait plus fort.

Georges, sombre, ennuyé, n'avait encore trouvé le moyen ni de dénouer le nœud gordien, ni même de le trancher.

Assurément il ne fallait pas que Charlotte comptât sur celui auquel elle s'était donnée. Il ne ferait pas plus tard pour la mère ce qu'il avait tout d'abord refusé au premier mouvement de son enfant. Et si ce n'était pas avec joie qu'était accueilli le pauvre petit être, — fruit et remords; — si, dans la vie que Georges lui avait faite et qui s'ouvrait si mal pour lui, ils n'étaient pas deux à le porter, à l'aimer, à l'élever, c'était au plus dévoué : à sa mère, qu'incombait dorénavant ce soin. Un jour, lorsque l'enfant saurait ce qui s'était passé, il aimerait bien plus celle qui s'était sacrifiée que celui qui s'était soustrait au devoir que la nature lui imposait; car, elle le voyait bien, Georges n'était pas de ceux qui aiment leurs enfants. — « Ce sera son châtiment! »

Pendant ces monologues intimes, coupés par des larmes, des sanglots et des exclamations,

pendant que Charlotte indignée prenait une résolution, Georges, visiblement contrarié, en prenait une autre.

— Allons, ma bonne Charlotte, dit-il en se
rapprochant d'elle, ne t'afflige pas !

— M'affliger ?... Et de quoi donc? De ce que
j'ai un enfant ou de ce que vous le délaissez ?

— Mais je ne le délaisse point !

— Vraiment ?...

— J'aurai pour lui tous les soins que me per-
mettent mes ressources. Je t'aiderai à le faire
élever...

— Vous paierez les mois de nourrice !... Belle
affaire !

— Plus tard, pour son éducation...

— Vous l'enverrez dans une école où on l'ap-
pellera bâtard ? Lui donnerez-vous au moins un
nom à cet enfant ?

— Mais...

— Répondez franchement. Aura-t-il le nom de
son père, votre enfant ?

Elle appuyait vivement sur les deux derniers
mots.

Le silence de Georges fut une réponse. Puis il
voulut s'expliquer, tergiverser, faire ce qu'à la
halle on appelle *marchander*. Mais l'amour ma-

ternel, frissonnant, ardent, entier, avait étouffé
l'amour sensuel, et tandis que le cœur de la
mère parlait, celui de la maîtresse se taisait.

— C'est bien, dit Charlotte, arrêtant net les
piteuses doléances de Georges : je ne veux rien
de vous. Je saurai suffire à ses besoins. Vous
m'avez trompée, car vous m'abandonnez au moment où je porte la peine de l'amour que j'*ai eu*
pour vous. Je suis enceinte ! C'est fini entre nous,
vous pouvez partir... monsieur... j'aimerai bien
notre enfant... pour deux.

L'arrêt de Charlotte fut irrévocable : un nom
pour son enfant ou rien. Georges offrait vainement de l'argent.

Au fond, il aimait mieux cela. — C'est sa faute,
après tout ; je voulais *bien me conduire*, elle ne
l'a pas voulu.

Ce n'était pourtant pas un mauvais cœur que
Georges ; mais Charlotte n'était qu'un caprice,
et il voyait poindre la chaîne ; l'oasis devenait
prison, il trouva la porte ouverte et s'enfuit. Les
reproches lui faisaient peur, et il préféra aller
plus loin continuer ses exploits.

. . . . . . . . . . . . . . . .

Charlotte fut bien seule les premiers temps.
Son enfant lui causa bien des tourments.

La gestation influe plus qu'on ne saurait le croire sur le système nerveux de l'enfant. La tradition a établi une théorie des *envies* — que la médecine admet d'ailleurs — voulant que lorsqu'une femme enceinte désire vivement une chose, et qu'elle ne peut se la procurer, si elle vient à se gratter, l'objet envié se reproduit sur la partie du corps de l'enfant correspondant à la partie grattée par la mère. Ces envies matérielles ne doivent pas être les seules; il faut, pour être logique, admettre les envies morales. Pourquoi, lorsque le corps est atteint, l'esprit ne le serait-il pas? Pourquoi l'envie d'une cerise serait-elle plus influente que celle d'un vice ou d'une vertu? Pourquoi le système nerveux ne serait-il pas aussi sensible, aussi friand que le système musculaire? Pourquoi le cerveau n'aurait-il pas ses excroissances colorées tout comme la peau? Pourquoi le sens moral ne serait-il pas affecté *ab ovo* tout comme peut l'être le sens physique?

Il est sûr que l'enfant qui naît au milieu des préoccupations et des lassitudes morales est également marqué.

Qu'on lise la biographie des cours d'assises : des malfaiteurs et scélérats, victimes de leurs bosses ou de leurs instincts, des gens aimant à

nuire et nuisants, — ceux qu'il faut appeler les
artistes du crime et du mal, — leur naissance,
à tous, a été précédée de faits singuliers.

A la vérité, l'éducation peut atténuer les envies
morales, tout comme un vêtement peut cacher
une envie matérielle ; mais irritez l'homme, la
marque reparaît ; soulevez le vêtement, la
marque existe.

Charlotte puisa dans l'accomplissement des
nouveaux devoirs qu'elle avait à remplir une
énergie qui décupla son amour du travail — le
seul qui lui fût resté fidèle ! — mais plus le terme
approchait, plus son dénuement lui apparaissait.

Elle rognait sur sa nourriture, sur tous les mi-
nimes frais de sa pénible existence, pour acheter
les menus objets de la triste layette du nouveau-
né. Quand elle y travaillait, — alors que ses
doigts fatigués se refusaient aux travaux fins et
bien payés, — elle pleurait. Son front s'assom-
brissait à mesure qu'elle avançait, et son cœur
se navrait... Elle déplora sa faiblesse, et si elle
ne maudit point la pauvre innocente victime, —
un cœur de mère le pourrait-il ? — elle ne put
s'empêcher de dire souvent : « — Je suis bien
malheureuse ! »

Deux mois avant son accouchement, une mar-

chande à la toilette pénétra dans le galetas où
s'était réfugiée Charlotte et lui remit un trousseau
d'enfant pas trop luxueux, mais fort complet...
Cela venait, disait la marchande, d'une personne
qui s'intéressait à elle. Charlotte voulut refuser,
questionner, savoir; la vieille sourit, et, sans
mot dire, en messagère mystérieuse, s'éloigna.

Au milieu des langes et des bonnets se trouvait... une robe pour le baptême.

« — On aura pensé que la marraine sera la
première venue, » dit Charlotte.

Une enveloppe cachetée se trouvait également
dans la corbeille portée par la vieille femme.
Charlotte l'ouvrit et lut ceci :

« Mademoiselle,

» Votre infortune m'a touché ; vos malheurs
m'ont ému.

» Acceptez sans crainte ce modeste cadeau,
nulle mieux que vous ne sut le mériter.

» Vous trouverez sous ce pli une somme suffi-
sante pour passer à la campagne les derniers
temps de votre grossesse, c'est-à-dire les plus
pénibles.

» Soignez-vous, aimez bien votre enfant !

                                    » UN AMI. »

Le pli contenait deux cents francs.

Charlotte devint rêveuse. Qui avait prévu ses besoins avec tant de sollicitude ? — Qui avait pressenti ses désirs avec tant de sagacité ? — Qui avait exaucé ses vœux avec tant de délicatesse ? Pouvait-elle accepter ?

Ces questions l'embarrassaient bien plus que ne l'eussent embarrassée les questions les plus insolubles de la politique actuelle ; mais ses privations avaient été si nombreuses, ses veilles si pénibles, ses soucis si cuisants, qu'elle laissa toute inquiétude, pensa que cette prévenance venait de Georges, et se disposa à jouir de cette bonne fortune, qui, avec le repos de l'esprit, allait lui donner aussi le repos du corps et les soins nécessaires à son état intéressant.

Elle alla en province, chez une sage-femme campagnarde, où elle se rencontra avec une grande dame, qui venait dans ce village ignoré déposer et cacher le fruit d'amours coupables qui devaient être tues.

C'est là que naquit un enfant masculin qui reçut les noms de Bernard-Célestin.

Lorsque Charlotte fut à peu près remise, elle revint à Paris, s'installa dans une maison de la rue Lepic, où une excellente dame avait bien

voulu lui garder les hardes dont elle n'avait pas
eu besoin.

Une lettre l'y attendait.

L'écriture était la même que celle déposée
dans la layette de l'enfant.

D'après cette missive, les mois de nourrice seraient payés par la même main généreuse, bien-
faisante et inconnue. Charlotte n'avait pas, pour
le moment, à s'inquiéter de l'avenir.

Seulement, la signature n'était plus la même :
UN AMI avait disparu pour faire place à ERNEST.

Ce n'était donc pas Georges?...

De nouvelles lettres suivirent celle-ci, et par
elles Charlotte acquit la certitude que Georges,
le seul de qui elle pût attendre de pareilles
attentions, y était complètement étranger.

— Qui était-ce?

Elle devait l'apprendre bientôt.

Celui qui avait usé de tnat de ménagements et
de sollicitude envers elle était un gros bonhomme
joufflu, pansu, luxurieux et riche, qui, ayant
remarqué Charlotte, s'était promis que la reconnaissance ferait d'elle ce que probablement n'en
eût pas fait la cupidité.

Dans une lettre que reçut Charlotte, à la signature d'Ernest était jointe son adresse : rue Ri-

chelieu, n° 28. Elle comprit qu'elle devait s'y rendre pour remercier l'homme charitable qui était venu en aide à sa misère. « — C'est qu'il a bien bon cœur !... C'est bien la moindre des choses !... »

Son honnêteté ne prévoyait pas les intérêts qui lui seraient demandés. Elle ne connaissait pas son protecteur mystérieux, et elle se rendit rue Richelieu, avec une curiosité bien facile à comprendre. « — Que pourrai-je lui offrir jamais pour lui prouver ma reconnaissance? »

Elle l'apprit.

Ernest — ou, pour mieux dire, M. Charton, — la reçut fort bien, et ne lui demanda en échange des petits services qu'il avait pu lui rendre que la permission d'aller chez elle prendre quelquefois des nouvelles de l'enfant.

Il déplora qu'une personne d'autant de mérite, d'autant de courage, fût dans une position aussi peu digne de sa jeunesse et de sa beauté, et lui promit de s'occuper d'elle.

Le soir même, il fut chez la jeune mère, à laquelle une délicate pâleur donnait de nouveaux charmes, et lui proposa un marché honteux.

Charlotte l'accepta.

Nous n'avons point de raison pour expliquer comment s'y prit M. Charton afin d'arriver à la réalisation de ses appétits lubriques, ni à énumérer ce qu'il promit pour cela, pas plus, d'ailleurs, que les combats et les luttes de Charlotte dans ce marché où son honneur et son corps furent achetés.

Nous constatons qu'elle céda.

Que son fils fût pour quelque chose dans cette détermination; que son ennui de la misère et sa conviction qu'avec son travail elle pourrait à peine vivre l'aient fait réfléchir; que ce soit la faute de ses mauvais instincts, que ce soit celle de la société; que Charton fût éloquent ou que Charlotte fût faible, le fait est qu'elle céda et que, de maîtresse trompée, elle devint femme entretenue.

C'est une histoire malheureusement assez commune, un fait assez fréquent, pour qu'il soit inutile d'insister sur l'accomplissement de ce qui venait de se passer.

Père inconnu, mère entretenue, telle était la famille de Bernard Célestin, instituteur primaire de X***.

# VII

## LA RECHERCHE DE LA PATERNITÉ

La jeunesse de Bernard fut celle des enfants naturels.

C'est à une mercenaire, à sa nourrice, qu'il bégaya le doux nom de *maman;* c'est au mâle de cette femme salariée qu'il décerna le titre chéri de *papa.*

Et la voix du sang fut si peu forte chez lui, que lorsque, — par curiosité, hasard ou besoin, — sa mère vint le voir un jour, il eut peur des falbalas de la toilette de cette *belle dame,* et qu'il courut se cacher entre les jupons sales de sa nourrice.

Quand il fut plus grand, il apprit que sa nourrice n'était pas sa mère, et que son père

n'était pas le paysan qu'il avait appelé ainsi,
mais que c'était un gros monsieur avec des
favoris broussailleux; cela dérouta son intelligence naissante.

Sans se rendre compte de ses sentiments, il ne
comprenait pas que ceux qui lui avaient donné
veilles, soins, caresses et nourriture ne fussent
pas ses vrais et seuls parents. Il ne connaissait pas
encore le Dieu de la terre : l'argent l et tout ce
que l'on peut acheter avec.

Il ne savait pas que pour les portraits blancs
ou jaunes de monarques, souvent détestés, on
achetait la comédie des sentiments et le drame
des passions.

Il ne savait pas, l'enfant sans père, que par les
*Petites Affiches*, — journal d'offres et de de-
mandes, — sa mère pouvait, avec de l'argent,
cacher son bâtard sous le nom glorieux d'une
antique et noble race.

Il ne savait pas que les nourrices sont des
mères pour de l'argent, comme plus tard des
filles se disent nos amantes pour de l'or.

Il ne savait pas encore tout cela.

On l'envoya dans un collège dès qu'il fut à
même d'en suivre les cours — il avait cinq ans
— et, pendant les années qui suivirent, il fut

confié aux soins d'une autre famille : la famille de son correspondant. Le correspondant est une nouvelle forme de père nourricier. C'est quelquefois un ami de la famille de l'enfant, un parent éloigné, ou un indifférent faisant payer les heures de liberté que l'écolier vient passer chez lui.

L'intelligence de Célestin se développa rapidement, et quoique souvent il fût bien mortifié, lorsque ses camarades parlaient de leur intérieur, de ne pouvoir en faire de même, le temps des classes passa assez rapidement pour lui. Seulement, il devint plus réfléchi qu'on ne l'est généralement à cet âge.

Lorsqu'il lisait la *Morale en actions*, — recueil si intéressant pour les enfants et même pour les grandes personnes, — il se demandait ce qu'était l'amour filial et ne comprenait que vaguement l'existence de l'amour paternel ou maternel.

Il avait à peu près quinze ans, lorsqu'il fut brusquement retiré de pension. Une voiture l'attendait à la porte ; il y monta et fut déposé dans une gare de chemin de fer. La personne qui l'accompagnait, — un domestique, — lui remit un billet : il allait à Paris.

Arrivé dans cette ville, il fut conduit dans un

petit hôtel situé dans les environs du boulevard
de Neuilly.

Une femme au lit se mourait.

Cette femme était sa mère : l'ouvrière Charlotte, la maîtresse fortunée de M. Charton.

Elle était seule, n'ayant pas voulu de témoins
à cette dernière scène de sa vie, à cette heure
d'épanchements. Elle raconta à son fils ce qu'il
pouvait connaître de sa vie, lui remit des papiers,
son testament, lui enjoignant de n'en prendre
connaissance qu'à sa majorité.

— Alors, dit-elle, la figure baignée de larmes,
tu jugeras ta mère. Tu feras ce que tu voudras
de mes biens et de ton avenir : tu seras un
homme. Mais, souviens-toi toujours que je t'ai
plus aimé que je ne te l'ai fait voir, et qu'il serait bien cruel de ta part de méconnaître mes
intentions !

Avait-elle réellement agi seulement pour son
enfant, ou ne cédait-elle pas à cette manie qu'ont
les mourants de vouloir apposer leur dernière
volonté autant sur les jugements de la postérité
que sur la disposition de leur fortune ?

Bernard prit les papiers.

Quelques heures après, sa mère mourait entre
deux domestiques et le bâtard de Georges.

M. Charton, vieux et caduc, n'aimait pas les
émotions. L'égoïste voulait bien que l'on vécût
pour lui, mais il trouvait tout naturel que l'on
mourût sans lui.

Bernard pleura beaucoup.

Il n'avait pourtant guère eu le temps d'aimer
sa mère : à peine l'avait-il vue dix fois en quinze
ans ! mais il comprenait de quel amour on devait
se sentir capable pour celle de qui l'on tient
l'existence, et ses larmes se partagèrent entre le
corps froid et l'affection perdue à tout jamais,
entre sa mère morte et l'amour filial envolé qui
lui était apparu entre les rideaux d'un lit mortuaire.

Il retourna dans une pension où il devait
attendre sa majorité.

Le secret de sa naissance avait souvent inquiété
Bernard. Il avait plus d'une fois veillé bien tard
dans la nuit, suivant ses pensées, pressentant
l'avenir. Pour échapper à la tentation de connaître son sort, et son passé, — la vie de sa
mère ! — il avait confié à un notaire la garde des
écrits, dont le contenu se posait bien souvent en
sphinx devant lui.

— Qui suis-je ? — Où vais-je ?

Aussi ce jeune homme, qui n'avait guère eu

6

les amusements fous de l'enfance, n'eut-il jamais l'exubérance de la jeunesse et ne connut-il qu'imparfaitement les bonheurs de l'adolescence. C'est ainsi que, marchant avec précaution sur une route qui, d'un côté, était bordée par l'abîme insondé de son passé, et de l'autre par celui encore insondable de son avenir, il atteignit la vingt et unième année de son âge.

Alors il courut chez le notaire, qui lui remit en même temps une certaine somme, et Bernard fut s'enfermer dans une chambre d'hôtel. Il allait enfin savoir !

Savoir !

Avant de rompre les cachets, il tourna bien longtemps le pli dans ses doigts. Plus d'une fois, il interrompit son examen pour regarder à droite et à gauche. Il n'avait pas encore osé aller dans la maison de sa mère, mais son cœur se serra tellement à l'idée de laisser éclater sa joie ou sa douleur dans une chambre aussi banale, où rien ne lui disait un mot de la défunte, qu'il remit le pli dans sa poche et prit le chemin de l'hôtel de Neuilly.

Il pénétra respectueusement dans la chambre où sa mère avait rendu le dernier soupir. La nuit était venue ; il alluma une bougie : rien n'était dérangé dans l'appartement. Au moral comme au physique, il ne remuait que des poussières. Un de ses premiers soins fut de chercher quelque part un portrait d'homme, — il n'osait se l'avouer : celui de son père ! de son père, qu'il avait hâte de connaître ; de son père, sur lequel il avait reporté ses seules affections.

Peut-être est-il mort ! avait-il pensé souvent ; mais il ne le croyait pas.

Pas de portrait d'homme !

Il ouvrit la dernière communication de Charlotte, et rien dans sa vie, dans sa naissance, dans la honte de sa mère, ne lui fut plus inconnu.

Le coup était dur, les réflexions furent longues. Voici quel fut leur résultat :

— Je retrouverai mon père s'il est vivant ; s'il est mort, je m'exilerai.

Retrouver son père devint l'unique but de Bernard Célestin, et quoique cette recherche équivalût à celle d'une aiguille dans un champ de blé, il se mit résolument en campagne et vit la réussite couronner ses efforts.

Il ne savait qu'une chose : c'est que son père s'appelait Georges, et que sa mère avait toujours supposé qu'il était étudiant.

Bernard fit relever sur les registre des facultés

de droit et de médecine tous les porteurs du
prénom de Georges se trouvant à Paris vers
l'époque de sa naissance ; il sema l'argent, à la
vérité ; mais par des relations qu'il noua au quar-
tier latin, par des recherches qu'il fit faire, par
des renseignements qu'il demanda, Bernard finit
par avoir la liste de deux cents noms de deux
cents Georges encore vivants, qui étaient étu-
diants à Paris vers 1834, et dont il savait la demeure et la résidence actuelles.

Le premier nom sur la liste était celui d'un
Georges, notaire à Mantes ; il fut le voir, et voici
ce que lui dit Bernard :

— Monsieur, je suis l'exécuteur testamen-
taire d'une personne qui, en 1834, eut des relations avec un nommé Georges. Elle lui laisse
entre autres legs des papiers importants ; seulement, comme elle ne savait de son état civil que
son prénom, je viens, dans l'intérêt du légataire,
par respect pour la légatrice, vous demander si
vous ne seriez pas ce Georges. Dans le cas contraire, pourriez-vous me dire si parmi les étu-
diants de votre temps vous ne connaîtriez pas
celui qui était l'amant d'une nommée Charlotte
Célestine ?»

L'interpellé répondit négativement à la première question. Quant à la prière de Georges, il ne put lui donner aucun indice à ce sujet.

Bernard fut voir le second sur sa liste, et ainsi de suite des autres.

Ce système hardi et simple éveilla chez les uns de la défiance, chez les autres de l'indifférence, et il parcourut d'un Georges à l'autre une partie de la France sans recueillir un seul renseignement. Pourtant un médecin, enterré dans un coin de la Beauce, lui révéla qu'en effet, vers l'époque indiquée, un de ses amis avait eu des relations avec une ouvrière dont il aimait à raconter le roman. C'était peut-être lui. Il s'appelait bien Georges et même Georges d'Extrême. Il devait être avoué ou mort.

— Ce nom n'était pas sur votre liste, dit en terminant ce docteur; mais il avait pour ami intime M. Marcel Coste, qui est en ce moment avocat au barreau de Lyon.

Bernard vint à Lyon et tourna si bien l'avocat que celui-ci lui avoua en effet que c'était exact et lui donna quelques preuves qui, dans l'esprit de Bernard, effacèrent toute incertitude.

Heureux de cette nouvelle, il écrivit d'effusion de cœur à son père une lettre si touchante que nous ne pouvons nous empêcher de la transcrire:

« Monsieur,

» Vous que mon cœur appellerait si tendre-
ment d'un autre nom, je viens vous apporter
deux nouvelles :

» Charlotte Célestine est morte ; mais son enfant vit.

» Son enfant, à l'abri du besoin, n'attend pour
être le plus heureux des hommes qu'un mot de
vous, qu'une réparation envers la morte.

» Ce que je vous demande, je le sais, est
énorme ; mais considérez donc ma position. C'est
par vous que j'ai vu le jour ; n'est-ce pas par
vous que je dois connaître les joies de la société
dont ma situation me ferme tant de portes ?

» Vous m'avez négligé à mon entrée dans la
vie ; m'abandonnerez-vous à mon entrée dans le
monde ?

» Pour être heureux, pour vivre comme les
autres, il ne me manque qu'une chose, un nom.
Vous qui avez dû penser souvent que quelque
part un être dont vous étiez le père pouvait gémir
et pleurer, ne voudrez-vous pas chasser tout
remords ?

» Je ne vous parle pas de mon amour pour
vous, — quoique je le sente grandir en vous

parlant, même à distance, — mais une reconnaissance sans bornes, un dévouement à toute
épreuve, ne seraient qu'une faible compensation
à vous offrir, à vous promettre.

» Une fois, je vous ai dû la vie en naissant. Ne
me donnerez-vous pas cette vie sociale qui s'appelle un père? Et vous qui m'avez engendré, me
repousserez-vous à tout jamais?

» Vous pouvez peut-être croire que je suis un
mauvais sujet ; vous trouverez dans cette lettre
l'adresse de mon notaire et celles de toutes les
pensions où j'ai passé ma jeunesse.

» Je vous fais un dernier appel. Après avoir
sacrifié son honneur à son amour pour vous,
ma pauvre mère *ne s'est malheureusement pas
arrêtée là*. Pour mon bonheur futur, elle s'est
sacrifiée davantage encore. Voudrez-vous rendre
inutile toute une vie d'abnégation pour un moment de faute?

» Je vous en supplie, que je vous voie une fois
et je partirai ensuite si vous l'exigez.

» J'attends de vous une réponse, — poste res-
tante, à Lyon — et je vous demande humblement
la permission d'appuyer mes lèvres sur vos
mains.

» BERNARD CÉLESTIN. »

En recevant cette lettre, M. Georges d'Extrême, notaire à X***, fut atterré. Il voyait se dresser devant lui, après bien plus de vingt ans, une aventure dont il avait depuis longtemps banni le souvenir.

Le spectre de Charlotte conduit par son enfant jusque dans son étude ignorée, le terrifiait au point de le rendre comme hébété.

Ah! les amours de jeunesse! les péchés de jeunesse! qu'on croit bien enterrés sous les années passées et qui tout à coup surgissent de leur oubli et se dressent menaçants devant vous!

On déplore les écarts, on pleure les fautes, on se perd en regrets superflus, et le plus souvent on songe plus à se débarrasser des revenants qu'à satisfaire leurs réclamations, quelque justes qu'elles puissent être!

C'est ce qui arriva pour Célestin.

M. d'Extrême était marié et père légitime. Cette fois, il n'avait pas eu à vaincre les scrupules d'une vierge : elle était venue dans ses bras, — de par la loi et la religion, — et celle qui n'avait rien eu à refuser, puisqu'elle devait tout donner, avait des droits; tandis que la malheureuse qui avait lutté et cédé était une importune que l'on

chassait avec autant d'ardeur qu'on en avait mis
à la posséder.

M. d'Extrême ne répondit pas à la lettre de
Bernard. Celui-ci allait quatre et cinq fois par
jour à la poste. Après plus de deux semaines
d'espoir et d'angoisses, il se décida à réécrire.

— Peut-être ne l'a-t-il pas reçu?

Cette nouvelle lettre fut presque la répétition
de la première ; elle était même un peu plus pres-
sante.

Il y avait un *post-scriptum* ainsi conçu :

« Craignant que, par une fatalité quelconque,
cette lettre ne vous parvienne pas, elle vous sera
remise par une main sûre. »

Cette main sûre fut celle d'un jeune homme
dont Célestin avait fait la connaissance au café ;
d'un de ces gens qui vivent on ne sait ni comment,
ni avec quelles ressources ; qui, gais compagnons, charmants dans la conversation, d'un
esprit sympathique, sont empressés à vous
obliger et toujours disposés à faire pour vous
une commission désagréable ou à remplir un
message officieux.

Il fut à X***, se présenta comme un acquéreur,
et demanda à visiter une propriété qui était à
vendre dans la commune. Lorsqu'il fut dans les

champs avec le notaire, il lui avoua que c'était
un prétexte et lui remit la lettre dont il était
chargé.

M. d'Extrême la lut lentement, mûrissant
chaque phrase.

— Je ne sais vraiment ce que cela veut dire !
fit-il après avoir lu entièrement la lettre. Et la
personne qui vous a envoyé est assurément
folle.

— Mais non, répondit l'officieux ; c'est un très
charmant garçon, un de mes bons amis.

— Vous le connaissez depuis longtemps?

— Mais... depuis un mois !

— Eh bien ! vous verrez lorsque vous le con-
naîtrez davantage : il est fou ! tout ce qu'il y a
de plus fou !... Prenez garde et méfiez-vous, —
c'est un conseil que je vous donne en passant.

— Il n'y a pas de réponse?

— Aucune. S'il vous donnait de nouveau une
autre commission de ce genre, je vous engage
vivement à ne pas vous en charger. C'est un
pauvre garçon dont un de mes amis a beaucoup
connu la mère... une viveuse, vous comprenez !...
Nous allons rentrer, si vous le voulez bien. Je
vois maintenant que la propriété que j'ai à
vendre ne ferait nullement votre affaire.

Le jeune homme, un peu confus, salua et repartit.

Arrivé à Lyon, Bernard l'attendait à la gare. L'anxiété la plus vive était peinte sur ses traits.

— Où est la lettre ?

— Quelle lettre ?

— Celle en réponse à la mienne.

— Je n'en ai point.

— Eh bien, qu'a-t-il dit, alors ?

L'autre lui répéta leur conversation sans en omettre un mot.

Ces indifférents qui veulent bien vous servir le font souvent poussés par un sentiment de curiosité, et, ma foi ! l'ami improvisé de Bernard, ne pouvant escompter son service, fit en sorte de satisfaire au moins sa curiosité.

Bernard fut impénétrable.

A mesure que la narration de l'entrevue touchait à sa fin, Bernard mettait un masque de calme sur sa figure. Il ne chercha même pas à se justifier de l'accusation de folie que son père avait portée sur lui.

— Je suis fou, en effet, dit-il simplement en forme de mot de la fin et en hochant douloureusement la tête.

Il tira sa montre de son gousset, défit la chaîne,

qui était fort belle, remit le tout à celui qui avait
vu son père, en lui disant :

— Acceptez cela de ma part. Vous m'avez
servi, je ne veux pas que vous ayez affaire à un
ingrat. Prenez aujourd'hui, car qui sait ce que
je ferai demain ! où je serai !... Vous avez côtoyé
le bonheur de ma vie, et comme il ne dépendait
pas de vous de m'apporter une bonne nouvelle,
recevez mes remercîments et ce léger souvenir.

L'ami accepta, bien entendu. Bernard partit
sans dire son nom.

Deux mois après, M. d'Extrême recevait une
lettre de Paris, où on lui disait :


« Monsieur,

» Honte sur vous ! et malheur aux vôtres !
Vous avez déshonoré une femme, vous avez tué
votre enfant.

» Une justice puissante vous fera cruellement
expier un jour votre égoïsme et votre insolence :
homme sans foi ! père sans cœur !

» Célestine est morte ! Célestin disparaît !

» C'est de vous seul que vient tout le mal, c'est

à vous qu'en remonteront tous les effets. On n'est pas impunément surborneur de fille.

» Honte sur vous ! Malheur aux vôtres !

» C...

Quelque temps après, l'instituteur primaire de X*** changeait de résidence et à sa place arrivait un jeune homme de vingt-cinq ans, qui se nommait M. Bernard.

Le père et le fils habitaient la même commune ; ils se voyaient, se parlaient, mais le notaire ignorait les liens qui le rattachaient au maître d'école.

# VIII

## PROCÈS DU SERGENT BERTRAND

M. Jourdan, de Trévoux, arriva quelques jours
après avoir reçu la lettre de son ami. L'accueil
que lui fit l'abbé Morlat fut doublement affec-
tueux ; il y avait du plaisir et de l'attente dans
sa réception : le plaisir de voir un bon camarade, l'attente des renseignements que ne manquait pas de lui apporter le bibliophile distingué
et l'avocat compétent.

Les premiers épanchements passés, l'heure du
dîner vint encore retarder les questions du
prêtre ; mais, comme tout a un terme, — même
les dîners de curés, — à huit heures du soir les
deux amis se trouvaient dans le jardin de la
cure et, tandis qu'une brise légère, quoique un

peu fraîche, leur apportait les parfums naissants
des prairies, M. Jourdan commençait, sur la demande du curé, l'histoire du sergent Bertrand.

Laissons-lui la parole.

— Dans les premiers jours de 1848, un journal
judiciaire, le *Droit*, autant que je puisse me le
rappeler, publia un entrefilet annonçant que
des violations de sépultures avaient eu lieu dans
plusieurs des cimetières de Paris. L'alinéa final
était conçu en les termes convenus — sans cesse
répétés — et disait : « *Des recherches actives
ne tarderont pas à amener la découverte du
coupable qui jusqu'à présent s'est dérobé aux
investigations de la police.*

» *La justice informe !* »

La justice informa beaucoup, longuement, et
pendant deux fois elle fit buisson creux. La hardiesse du, ou des profanateurs, — on pensait
avoir affaire à toute une bande de malfaiteurs,
— puis le secret si bien gardé de leurs expédi-
tions, leur répétition même, avaient profondément impressionné la population. Les hypothèses
les plus bizarres couraient la ville et la banlieue.
On racontait des histoires de vampirisme et l'é-
lément incroyable et peut-être inavouable de ces
violations, — qui n'avaient pas le vol pour but,

— donna à quelques plumes romantiques le canevas de plusieurs feuilletons. Avec les grandes épopées de Victor Hugo et d'Alexandre Dumas, le goût du public s'était élevé à la hauteur d'*Hernani* et des *Trois Mousquetaires*, mais cela ne l'empêchait pas de se vautrer dans les horribles noirceurs de fables dégoûtantes. Les cabinets de lecture s'approvisionnèrent des quelques volumes traitant d'un sujet d'autant plus poussé au noir que la fantaisie remplaçait la connaissance exacte des faits accomplis et celle du mobile qui avait conduit les auteurs de ces profanations.

Ceux qui firent de ces travaux crurent trouver dans l'épilogue d'un roman de Victor Hugo, dans *Notre-Dame de Paris*, une pièce à joindre au dossier des violations. Ce qu'il y eut de plus malheureux, c'est qu'ils n'usèrent, en cette matière, ni du respect de Victor Hugo, ni de la manière grande et élevée dont l'illustre auteur avait glissé sur l'acte final de *Quasimodo* payant de sa vie... Allons, voilà que je te parle de ces romans comme si tu les avais lus. Je reviens au sujet qui t'intéresse ; seulement, j'éprouverai peut-être quelque embarras dans ma narration...

L'abbé l'interrompit en lui appuyant la main sur le bras.

— Mon cher ami, lui dit-il, je te connais assez
pour savoir que tu ne me diras que ce qui ressort
du sujet lui-même. Aussi vais-je te mettre à
l'aise avec moi. Par des faits physiques, je veux
arriver à des effets moraux. Médecin de l'esprit,
puis-je avoir pour les gangrènes morales des répulsions que les médecins du corps n'ont point
pour des plaies et des ulcères, ou que du moins
ils savent surmonter ? Crois-tu que la confession
ne nous éprouve pas souvent plus que ne sau-
raient le faire les livres les plus révoltants ?
Continue sans crainte ; je t'écoute en homme de
l'art... en artiste, si tu veux.

— Je reprends. Quoique l'instruction du curieux procès du sergent Bertrand ait révélé des
faits antérieurs à ceux que je vais te raconter, ce
ne fut que vers la fin de juillet 1848 que l'attention de l'autorité fut régulièrement éveillée.

Dans le cimetière Montparnasse, — connu
également sous le nom de cimetière du *Sud*, —
des exhumations coupables et nocturnes avaient
eu lieu. Rapport fut fait au commissaire de police, — ainsi que le veulent les règlements. Celui-ci se rendit sur le théâtre de ces faits, où il
apprit que pendant la nuit quelqu'un s'était introduit dans le cimetière en escaladant le mur

de clôture. Une fouille avait été pratiquée dans
la tranchée formée pour la fosse commune. Le
rapport du magistrat mentionnait l'habileté par-
ticulière des fouilleurs.

Une bière avait été exhumée, transportée à
quelques mètres de la fosse. Les deux planches
supérieures étaient brisées et le cadavre gisait
un peu plus loin. C'était celui d'une jeune fille,
paraissant âgée au plus de quinze ans, enterrée
depuis trois jours déjà ; tu peux juger par cela
de l'état de putréfaction dans lequel se trouvait
le corps, d'autant plus que cette exhumation
avait eu lieu vers le mois de juillet. Le corps
mutilé reposait sur des feuillages verts et l'on
pouvait encore voir, à son bras droit, le chape-
let bénit qu'une main pieuse lui avait enroulé au
poignet comme un bracelet de perles.

A peu de distance de ce premier cadavre, on
en voyait un second : celui d'une femme de
trente-huit ans, inhumée depuis huit jours. Des
incisions profondes étaient pratiquées sur tout
son corps, et la vue de ces fissures horribles sou-
levait le cœur.

A chaque pas, les surveillants rencontraient
des bières brisées, des cadavres exhumés, des
terres bouleversées et des traces de dévastations

farouches. Un seul homme ne pouvait être l'auteur de tant de désordre; il n'aurait pu seul faire autant de besogne. C'était l'opinion générale. On crut donc avoir affaire à toute une bande de malfaiteurs qui se livraient à des saturnales d'un nouveau genre.

Poursuivant leurs recherches, les magistrats délégués pour la constatation de ces graves faits reconnurent que la fosse réservée aux victimes de l'insurrection de Juin 1848 avait été fouillée en plusieurs endroits, mais, quoique deux cercueils eussent été soulevés, aucun d'eux n'avait été déplacé, ce qui semblait tout d'abord écarter de la prévention un but politique. La recherche des cadavres de femmes fit naître d'autres soupçons.

Deux acacias étaient situés à l'extérieur du cimetière; ils le dominaient. On les examina et les explorateurs acquirent la certitude que c'était avec leur aide qu'on avait pu s'introduire dans l'intérieur, d'autant plus que des empreintes de souliers à gros clous étaient identiques à celles que l'on voyait autour des tombes violées.

Ces remarques importantes, en cas de récidive ou de découverte des criminels, n'étaient pas des révélations, ni même des indications bien précises pour baser une instruction. Néanmoins, la police lança ses espions dans toutes les directions, ce qui amena une chose assez bizarre : l'arrestation d'un garde national de service au théâtre de la Gaîté et qui, s'étant absenté cette soirée-là, de dix heures à minuit, était rentré à son poste exhalant une forte odeur de charnier. On ne relaxa ce citoyen-soldat que lorsqu'il eut justifié de l'emploi de son temps pendant ces deux heures.

D'autres arrestations furent faites, mais sans plus de succès et sans amener de résultat.

Un des gardiens du cimetière de Montparnasse, vieux militaire, accusé de négligence dans son service de surveillant, imagina une petite machine infernale, — la fabrication de ces engins destructeurs était à la mode ; Louis-Philippe avait été si souvent en butte à des pièges de ce genre ! — Il disposa un canon de fusil, chargé de mitraille jusqu'à la gueule, sur une tombe, et le recouvrit de couronnes et de bouquets, ainsi que le fil de fer — correspondant d'un côté à la gâchette de la batterie de l'arme à feu, et de l'autre côté à l'endroit où, en descendant, le malfaiteur devait poser le pied. La charge tout entière alors l'atteindrait en pleine poitrine.

En sus de cette machine, la surveillance devint plus active. Tu vas voir qu'elle fut longtemps inutile, ainsi que les machines de guerre du malin garde.

Le bruit de cet événement s'était quelque peu apaisé, lorsque, environ un ou deux mois après, — un fait du même genre fit bondir les meilleurs limiers de la préfecture de police.

Un employé supérieur du chemin de fer d'Orléans avait perdu une petite fille âgée de huit ans. Cette enfant fut enterrée au cimetière d'Ivry. On juge assez bien de la peine qu'éprouvent des parents qui perdent l'espoir de huit années de soins et de tendresse ! Mais on se ferait difficilement une idée de leur douleur lorsque cette première épreuve se compliqua d'un événement comme celui qui arrivait à cette famille éplorée. Le lendemain de l'inhumation, le père fut averti par un tiers que la tombe de sa fille avait été ouverte dans la nuit, que le corps avait été retiré du cercueil, et que les effets qui recouvraient l'enfant avaient été volés.

Le fossoyeur appelé à la mairie renouvela la déclaration qu'il avait déjà faite au commissaire de police. Il raconta que, selon l'usage, il avait procédé à l'inhumation devant les parents, qu'il avait rempli la fosse de terre et n'avait quitté le cimetière qu'après s'être assuré que tout était parfaitement en ordre. Le lendemain matin, en faisant sa tournée habituelle, à l'ouverture des portes, il fut étonné de voir que la fosse n'était plus dans le même état que la veille. En effet, la terre était bouleversée et portait les traces d'un désordre insolite.

L'adjoint au maire alla immédiatement procéder à la vérification. Un procès-verbal fut dressé, dans lequel il fut consigné que le cercueil était brisé, le corps dépouillé de ses vêtements, et même, chose affreuse, que le cadavre avait été mutilé en plusieurs endroits, notamment à l'estomac!...

Les premières recherches portèrent sur la manière dont l'auteur de cette exhumation avait pu pénétrer dans le cimetière, et l'on vit sur des barres transversales, qui retenaient la clôture en planches, fermant un des côtés de l'enclos mortuaire, des traces de boue permettant de suivre assez loin, en deçà et au delà, les pas de celui qui était entré et sorti en escaladant cette clôture. Évidemment c'était par là que le ravageur mystérieux s'était introduit et s'était évadé.

Un médecin d'Ivry, appelé pour faire un rapport sur les mutilations du cadavre, déclara que ce n'était pas la première fois que pareille aventure se présentait dans le même cimetière, et que déjà, plusieurs fois, il avait eu à constater les mêmes énormités.

Le père de la jeune fille dénonça le fait au procureur de la République du département de la Seine. Ce magistrat dut ordonner les recherches les plus minutieuses ; mais le mystère qui recouvrait le profanateur fut impénétrable et la loi assista, indignée, au spectacle de ses arrêts méconnus et évités. La police même, — cet Argus qui voit tout et connaît tout, — en fut une deuxième fois pour ses frais de sourde inquisition.

Ces violations répugnaient tellement à l'opinion publique que ceux qui en eurent connaissance n'en propagèrent pas le bruit. Le mystère se doublait de l'audace de l'exécution et de l'impénétrabilité dans lesquelles se dérobaient leurs auteurs. Le mois de novembre suivant devait cependant ajouter un autre fait à la liste qui devenait longue des précédents de ce genre.

Vers minuit, le 5 novembre, le gardien du cimetière dit des Hospices, tout proche de celui de

Montparnasse, entendit ses chiens donner de la voix plus fort et plus longtemps que de coutume; mais il n'y fit nulle attention. Le lendemain matin, en faisant sa tournée, il vit que la tombe d'une femme inhumée la veille était fort dérangée et présentait un aspect anormal. Il s'approcha : la fosse était vide, le cercueil complètement brisé, le cadavre n'y était plus; mais, à cent pas de là, il voyait un linceul ensanglanté pendu ou accroché à une croix; en poursuivant sa marche, il vit le cadavre exhumé horriblement défiguré, lardé de tous côtés, offrant le spectacle écœurant de plaies béantes et de déchirures sanguinolentes.

Ces faits nouveaux, constatés par l'autorité judiciaire, amenèrent une nouvelle instruction, — la troisième! — qui n'aboutit pas mieux que les deux première. La justice se trouvait en présence de délits réitérés, dont l'auteur ou les auteurs n'étaient même pas mus par l'appât du vol des dépouilles du suaire; car les bijoux que les cadavres mutilés portaient n'avaient pas été enlevés, et toujours les profanations avaient lieu sur les fosses communes qui ne servent guère de sépulture aux riches de la terre.

De nombreux témoins étaient appelés au parquet. Toutes les personnes qui entraient dans les cimetières de Paris et de la banlieue étaient surveillées ; la défiance se manifestait même en province.

Ce qu'il y avait de plus bizarre dans cette affaire, c'est que les annales judiciaires ne contenaient rien d'analogue. Les plaintes et les rapports ne faisaient mention que de mutilations et de violations. Les recherches encore une fois infructueuses exaspérèrent autant les juges que les agents de la police.

Quelles étaient donc les ressources de Protée dont disposaient ceux qui violaient les morts?

La superstition s'en mêla : on eut peur!

— C'est égal, disait le garde de Montparnasse, ils ne viennent plus s'y frotter... j'ai ma machine infernale !

C'était son palladium.

Dans la nuit du 4 décembre, le garde entendit la détonation d'une arme à feu, mais une détonation formidable. Il accourut à l'endroit où il avait installé sa petite mitrailleuse; il cherche, inspecte, fouille les environs, et ne trouve rien. Il suppose alors, selon sa déclaration, que quelque accident a fait partir l'arme. Son premier soin est de la recharger et de la replacer dans les

mêmes conditions qu'auparavant ; quelques jours
après, nouvelle détonation, nouvelle inspection,
nouveau buisson-creux. C'était à croire à de la
magie. Ici, il faudrait peindre la stupeur et la terreur qui s'emparèrent de la majorité des gardes
et des employés des cimetières de Paris, parmi
lesquels circulait la nouvelle. On avait prévu des
hommes et l'on commençait à croire à des dé-
mons.

Enfin, dans la nuit du 15 au 16 du même
mois, — j'ai cette date très présente à la mémoire, car au palais c'était un thème inépuisable
de réflexions et même de facéties parmi les sta-
giaires, — une nouvelle explosion se fit entendre.
Le garde avait tellement bourré le canon du
fusil qu'il avait éclaté. Les surveillants de nuit,
plus ceux qui, dans leur sommeil, avaient été
réveillés par le bruit de cette détonation, ne tar-
dèrent pas à se rendre sur le lieu de l'explosion ;
mais encore rien : l'homme avait disparu !

— C'est égal, exclama le garde inventeur du
système, il en a emporté sa part : voici des morceaux de drap rouge et bleu qui attestent qu'il
ne ne s'en est pas tiré sain et sauf... et voici du
sang !

D'après cette constatation, le blessé ne devait

pas être loin. Malgré son âge et ses infirmités, le vieux garde grimpa sur le mur de clôture et se mit à la poursuite de celui que l'on désignait aussi improprement que généralement sous le nom de : « Le Vampire. » Après de longues et minutieuses investigations, il revint, n'ayant rien trouvé qui pût mettre la justice sur les traces de ce malfaiteur insaisissable.

Lelièvre, — tel était le nom de ce garde dévoué, rancunier et sagace, — n'en resta pas là de ses inductions ; il remarqua que la semelle des souliers, imprimée dans les terres fraîchement remuées, offrait les mêmes particularités que celles notées dans les escalades précédentes, ce qui lui fit augurer que c'était le même individu auquel il avait toujours affaire.

— Il n'y a qu'un homme sans complice qui puisse aussi longtemps et aussi impunément échapper aux mouchards, — avait-il dit souvent en parlant de ce fantôme ; — un secret à deux est bientôt éventé.

Les fragments de drap semblaient indiquer un militaire ; mais en même temps, — comme il fallait admettre toutes les possibilités, — l'idée vint qu'un *civil* aurait fort bien pu se déguiser en militaire et que ce travestissement n'était qu'un moyen de plus pour détourner les soupçons. Cependant, les gardes virent se confirmer leur croyance dans la supposition d'un militaire en découvrant des morceaux de toile identique à celle dont sont faites les chemises d'ordonnance. Or, il avait très bien pu prendre l'uniforme de n'importe quel régiment ; mais il était douteux que sa prévoyance eût poussé l'exactitude du costume jusqu'au linge du corps. Les souliers, plantureusement fournis de clous, complétaient le signalement. C'était un militaire et un fantassin.

Un fossoyeur, de Montparnasse, vint accréditer cette opinion en disant qu'il avait vu, dans la partie du cimetière où il travaillait, un sous-officier qui assistait, à distance, à des inhumations. Sa taille était moyenne ; il avait peu de moustaches, point de favoris, — l'armée en portait alors, de ceux que l'on appelle *carabis*, — n'était ni gros, ni maigre. Il l'avait toujours rencontré accompagné d'un bourgeois, et, chose plus frappante, les diverses violations à Montparnasse coïncidaient toujours avec les visites de la veille. Cette déclaration était importante ; mais elle ne désignait clairement personne.

Les preuves prenaient corps, mais il manquait

l'âme, et si l'on parvenait à découvrir le coupable, les charges seraient trop accablantes pour qu'il pût chercher à les éluder.

Tu dois probablement chercher par quelle filière on parvint à découvrir le violateur ? Mon Dieu ! bien simplement, sans soulever ni ciel ni terre, purement par le fait du Hasard, ce demi-dieu des païens auquel croient toutes les religions ; suivant que le hasard nous favorise ou nous éprouve, nous accusons notre bon ou notre mauvais ange en l'appelant dans un cas *Providence*, dans l'autre *Fatalité*.

Le général Bréa avait été assassiné, et les assassins avaient payé leur forfait par la peine du talion. A sang versé, sang versé. Un piquet du 74e de ligne avait été, à ce sujet, placé dans le cimetière Montparnasse, et les militaires qui composaient ce détachement causaient entre eux d'une blessure fort étrange faite à leur sergent-major. Cette conversation fut entendue par un fossoyeur qui la rapporta au gardien en chef, lequel, par la voie hiérarchique, fit parvenir cette découverte au parquet.

Le mystère avait cessé. Le sergent Bertrand, alors à l'hôpital du Val-de-Grâce, dut répondre à un acte d'accusation qui énumérait tous les faits que je t'ai racontés aussi exactement que possible.

Les charges s'accumulèrent ainsi sur Bertrand. Deux sapeurs de son régiment, qui lui servaient alternativement de brosseur, déclarèrent qu'au mois de janvier, en pliant sa capote pour une revue, ils s'étaient montrés intrigués de déchirures faites par des projectiles, ce à quoi Bertrand leur avait répondu tranquillement que c'étaient des républicains qui avaient tiré sur lui, et il ajoutait même avec une certaine forfanterie qu'il leur avait passé son sabre au travers du corps.

Interrogé, le sous-officier inculpé ne nia point ses attentats ; il avoua tout sans cynisme et sans restriction, et ce fut à la suite de ces révélations aussi révoltantes que sincères qu'il comparut devant un conseil de guerre.

Je n'eus garde de manquer à cette représentation judiciaire, qui eut lieu le 10 juillet 1849, et le nombre des curieux fut immense. Sur des gradins dressés derrière le Conseil, il y avait des chaises préparées pour des généraux et des grands dignitaires. Des médecins, des notabilités scientifiques étaient venus de l'Angleterre et même du fond de l'Allemagne. Des dames n'avaient pas reculé devant les possibilités de questions... indiscrètes. L'espace réservé au public était envahi dès la première heure. Des gens de lettres et des dessinateurs avaient obtenu des places de faveur; tout le monde attendait ardemment l'ouverture des débats.

Sur le bureau figuraient, comme pièces à conviction, les effets d'habillement que portait l'accusé lorsqu'il fut atteint par la machine infernale. La capote et le pantalon, bien étalés, laissaient voir les trous faits par les projectiles. Le malheureux en avait reçu vingt-huit dans les vêtements et cinq dans les chairs! Une petite boîte contenait les morceaux de drap et de toile extraits des blessures, ainsi que les clous reconnus par le gardien pour avoir servi à charger l'arme qui avait blessé Bertrand.

Enfin, le Conseil entra en séance et l'accusé fut introduit.

On s'attendait à voir un physique dégradé, une tête repoussante, des traits bizarres; mais non, tel n'était pas le sergent Bertrand. C'était un jeune homme dont les traits doux et réguliers prévenaient en sa faveur. Sa physionomie était intelligente, et la pâleur maladive qui recouvrait son visage fit courir dans l'assemblée un murmure sympathique.

Il a vingt-cinq ans, parle avec le plus grand calme et possède même beaucoup de sang-froid.

En réponse aux questions d'usage, il déclare être né à Voisy, département de la Haute-Marne; puis, les questions préliminaires terminées, il croise les mains sur ses genoux et reste immobile durant tout le temps que dure la lecture des pièces de l'instruction.

Tous les yeux sont fixés sur lui; il semble tout d'abord gêné par cette attention, à laquelle pourtant il devait s'attendre. De ma place, je ne perdais aucun de ses gestes, et je cherchais, comme tant d'autres, à lire sur cette physionomie franche et ouverte les impressions que lui faisait éprouver l'histoire de ses attentats.

A mesure que M. Jourdan avançait dans sa narration et qu'il faisait défiler les singularités de ce drame, datant au plus d'une vingtaine d'années, le front de l'abbé Morlat se couvrait de sueur.

Il songeait, avec une sorte de terreur, que la police de Paris n'avait pu mettre la main sur le coupable. Il songeait que ce n'était qu'à force de tentatives et d'acharnement à déterrer que le sergent Bertrand s'était enfin laissé prendre à un piège longtemps évité, et qu'encore il avait fallu

8

une circonstance imprévue pour qu'il fût découvert; il songeait que toutes les ressources de
l'espionnage n'avaient amené de résultat qu'au
bout de deux ans.

Deux ans!

Lui faudrait-il attendre aussi longtemps?

Une circonstance providentielle lui désignerait-
elle le coupable qu'il avait résolu de chercher?

N'avait-il pas trop compté sur ses forces?

Toutes ces réflexions, en venant se mêler et se
confondre dans son cerveau, lui donnaient une
sorte de fièvre qui l'accablait.

M. Jourdan continua :

Les débats ont fait connaître une aventure
bien curieuse; c'est l'histoire de son premier
attentat. Lorsque nous rentrerons à la cure, je te
la donnerai à lire telle que la sténographie l'a
recueillie.

La soirée devenait froide, le curé demanda à
rentrer.

Et puis il voulait en finir avec ces émotions.
Jourdan avait des papiers à lui montrer; il voulait tout savoir le plus tôt possible, quitte après
à examiner s'il devait changer d'avis, porter sa
confession au procureur impérial et lui avouer
son orgueil et son repentir.

Une fois arrivé à la cure, M. Jourdan lui remit des journaux de 1849.

. . . . . . . . . . . . . .

— Voici, lui dit Jourdan, un extrait du procès-verbal ; lis :

« D. — Où fut commis votre premier attentat ?

» R. — A Bléré, village de la Touraine.

» D. — Dites-nous ce qui vous a poussé à cette monstruosité ?

» R. — Je l'ignore. Je ne saurais le définir. Je me promenais dans la campagne avec un de mes camarades. Nous entrâmes dans un cimetière par curiosité. Des outils étaient restés près d'une tombe qui n'était pas entièrement recouverte : une espèce de vertige me passa par la tête ; je rentrai en ville, me débarrassai de mon camarade et me hâtai de revenir au cimetière où, prenant une pelle, je déterrai le cadavre d'une femme que je me mis à frapper avec fureur.

» D. — Dans quel but ?

» R. — Je ne pourrais le dire.

» D. — Qu'éprouviez-vous ?

» R. — Une sorte de rage. Il y avait tout près de là une foule d'ouvriers ; mais cette pensée ne m'arrêta pas. Cependant, ayant aperçu une per-

sonne qui, arrêtée à la porte du cimetière, me
regardait avec curiosité, je me couchai par terre
à côté du cadavre. Je restai ainsi pendant une
demi-heure ; puis je me relevai tout tremblant,
et, après avoir recouvert le cadavre de terre, je
m'enfuis.

» D. — Où allâtes-vous ?

» R. — J'entrai dans un petit bois, où, malgré
la pluie, je restai pendant plus de trois heures
couché parmi les arbrisseaux, sous l'empire
d'une léthargie qui, pourtant, ne m'enlevait au-
cunement la connaissance de ce qui se passait
autour de moi.

» D. — Est-ce que vous ne vous rendez pas
compte de ce qui vous a poussé à cette profanation ?

» R. — Cela me serait impossible.

» D. — Ce n'est pas une pensée de haine qui
vous animait ?

» R. — Non, colonel ; *je n'avais jamais vu
cette femme.* »

— C'est tout ? dit l'abbé Morlat en remettant
l'imprimé à M. Jourdan.

— Non, certes ; tu connais les profanations ;
veux-tu maintenant écouter ce qui concerne

l'individu ? Après les effets, tu dois être désireux de connaître les causes.

— Oui...

— Je t'ai dit que Bertrand était un joli et brave garçon ; je continuerai en t'apprenant que c'était un bon soldat et un excellent camarade ; seulement il avait des manies singulières, et voici qui t'édifiera complètement sur son état mental et ses précédents. C'est la confession qui fut lue à l'audience par le médecin qui avait soigné Bertrand. Elle était tout entière écrite de la main du coupable.

L'abbé Morlat prit la seconde pièce que lui tendait M. Jourdan, et nous la ferons également passer sous les yeux de nos lecteurs :

« Dès l'âge de sept à huit ans, on remarqua en moi une espèce de folie, mais elle ne me portait à aucun excès. Je me contentais d'aller me promener dans les endroits les plus sombres d'un bois, où je restais quelquefois des journées entières dans la plus profonde tristesse.

» Ce n'est que le 23 ou 24 février 1847 qu'une espèce de fureur s'empara de moi et m'a porté à accomplir les faits pour lesquels je suis en état d'arrestation. Voici comment cela est arrivé :

» Étant un jour allé me promener à la campagne avec un de mes camarades, nous passâmes dans un cimetière ; la curiosité nous y fit entrer. Une personne avait été enterrée la veille, et les fossoyeurs, surpris par la pluie, n'avaient pas entièrement rempli la fosse et avaient de plus laissé leurs outils sur le terrain. A cette vue, de noires idées me vinrent. J'eus comme un violent mal de tête ; mon cœur battait avec force ; je ne me possédais plus. Je prétextai un motif pour rentrer de suite en ville. A peine débarrassé de mon camarade, je retourne au cimetière, je m'empare d'une pelle, et je me mets à creuser la fosse.

» Déjà j'avais retiré le corps mort, et je commençais à le frapper avec la pelle que je tenais, quand un ouvrier, qui travaillait tout près, se présenta à la porte du cimetière ; l'ayant vu, je me couchai à côté du mort, où je restai quelques instants ; m'étant ensuite levé, je ne vis plus personne : l'individu était allé prévenir les autorités. Je me hâtai de sortir de la fosse, et, après avoir recouvert entièrement le corps de terre, je me retirai en sautant le mur du cimetière. J'étais tout tremblant ; une sueur froide me couvrait le corps. Je me retirai dans un petit bois voisin, où, malgré une pluie froide qui tombait depuis quelques heures, je me couchai au milieu des arbrisseaux. Je restai dans cette position depuis midi jusqu'à trois heures, dans un état d'insensibilité complète.

» Quand je sortis de cet assoupissement, j'avais les membres brisés et la tête faible.

» La même chose m'arriva dans la suite après chaque acte de folie.

» Deux jours après, je suis retourné au cimetière, non pas de jour, mais à minuit, par un temps pluvieux ; n'ayant pas trouvé d'outils, je creusai entièrement la fosse avec mes mains ; j'avais les doigts en sang, mais je ne sentais pas la douleur. Je retirai le corps, je le mis en pièces ; après quoi je le jetai dans la fosse, que je remplis entièrement de la même manière que je l'avais creusée.

» Quatre mois s'étaient écoulés depuis ce dernier attentat ; pendant cet espace de temps, j'avais été tranquille ; nous étions rentrés à Paris. Je croyais ma folie passée, quand des amis m'engagèrent à aller visiter avec eux le cimetière du Père-Lachaise. Les allées sombres de ce cimetière me plurent. Je résolus de venir m'y promener la nuit. J'y entrai en effet à neuf

heures du soir en escaladant le mur. Je me vis à
peu près une demi-heure agité des plus noires
pensées. Je me mis ensuite à déterrer un mort,
sans outils. Je me fis un jeu de le mettre en
pièces; ensuite je me retirai, hors de moi. C'était
au mois de juin.

» Les choses allèrent de la sorte pendant à peu
près douze ou quinze jours, après lesquels je fus
surpris par deux gardiens du cimetière qui furent sur le point de faire feu sur moi; mais
comme j'avais eu le soin de recouvrir le corps
que j'avais mutilé, on ne s'était aperçu de rien,
et il me fut facile de me tirer d'affaire en disant
qu'étant un peu ivre, j'étais entré dans le cimetière, que je m'étais couché sous un arbre où je
m'étais endormi jusqu'à cette heure. Ils me firent
sortir sans me demander autre chose.

» Le danger que je venais de courir produisit
sur moi une telle impression que je restai sept
ou huit mois sans retourner au cimetière.

» Les affaires de février 1848 survinrent. A
partir de ce moment, le régiment ne fit que
voyager et ne rentra à Paris qu'aux journées de
Juin; m'étant trouvé détaché dans un village
aux environs d'Amiens, je ne suis arrivé à Paris
que le 17 juillet.

» Après quelques jours de repos, le mal me revint plus violent que jamais. Nous étions au camp d'Ivry. Pendant la nuit, les sentinelles étaient très rapprochées et leur consigne était sévère ; mais rien ne pouvait m'arrêter. Je sortais du camp toutes les nuits pour aller au cimetière du Montparnasse, où je me livrais à de *grands excès*.

» La première victime de ma fureur fut une jeune fille, dont je dispersai les membres après l'avoir mutilée. Cette profanation eut lieu vers le 25 juillet 1848.

» Depuis, je ne suis retourné que deux fois dans ce cimetière, où il était très difficile de pénétrer. La première fois, à minuit, par un clair de lune magnifique, je vis un gardien qui se promenait dans une allée, un pistolet à la main. J'étais perché sur un arbre près du mur d'enceinte ; il passa tout près de moi et ne me vit pas. Quand il se fut éloigné, je sortis sans rien faire. La seconde fois, je déterrai une vieille femme et un enfant que je traitai de la même manière que mes autres victimes. Il m'est impossible de me rappeler les dates de ces deux derniers attentats. Tout le reste se passa dans le cimetière où sont enterrés les suicidés et les personnes mortes aux hôpitaux.

» Le premier individu que j'exhumai dans ce lieu fut un noyé, auquel je ne fis qu'ouvrir le ventre. C'était vers le 30 juillet.

» Il est à remarquer que je n'ai jamais pu mutiler un homme; je n'y touchais presque jamais, tandis que je coupais une femme en morceaux avec un plaisir extrême... Je ne sais à quoi attribuer cela.

» Du jour de l'exhumation du cadavre dont je viens de parler au 6 novembre 1848, je déterrai et mutilai quatre morts, deux hommes et deux femmes. Celles-ci avaient au moins soixante ans. Je ne puis fixer l'époque de ces exhumations; elles eurent lieu à peu près de quinze jours en quinze jours.

» Le 6 novembre, à dix heures du soir, on me tira un coup de pistolet au moment où j'escaladais la clôture du cimetière. Je ne fus pas atteint. Ce fait ne me découragea pas; je me couchai sur la terre humide et je dormis environ deux heures par un froid rigoureux. Je pénétrai de nouveau dans le cimetière, et je déterrai le corps d'une jeune femme noyée que je mutilai.

» A dater de ce jour jusqu'au 15 mars 1849, je ne suis retourné que deux fois au cimetière : une fois du 15 au 20 décembre, et l'autre au commencement de janvier. Ces deux fois encore, j'ai éprouvé deux coups de feu : le premier, qui m'a été tiré presqu'à bout portant, a fait balle et a traversé ma capote à hauteur de la ceinture, derrière le dos, sans me toucher ; le deuxième coup ne m'atteignit pas non plus ; en vérifiant la position de l'arme, je remarquai qu'elle était placée de manière à frapper en pleine poitrine. Je me sauvai de ces deux coups de feu comme par miracle ; le fil de fer qui barrait le passage, ne se trouvant pas assez tendu, me permit de dépasser l'arme avant qu'elle fît feu.

» De la première quinzaine de janvier 1849 au 15 mars, je n'avais ressenti aucune nouvelle attaque de folie ; j'éprouvais même de l'éloignement pour ce qui avait fait si longtemps mon bonheur, si je peux parler de la sorte, quand mon malheur voulut que je passasse devant le cimetière Montparnasse.

» La curiosité, plus que l'envie de faire du mal, me fit escalader le mur, et c'est en sautant dans le cimetière que j'ai reçu le coup qui m'a conduit à l'hôpital. Je suis certain que si j'avais été manqué cette fois, je ne serais retourné de ma vie dans un cimetière ; j'avais perdu toute ma hardiesse.

» Dans le commencement, je ne me livrai aux excès dont j'ai parlé qu'étant un peu pris de vin. Dans la suite, je n'eus plus besoin d'être excité par la boisson ; la contrariété seule suffisait pour me pousser au mal.

» On pourrait croire, après cela, que j'étais également porté à faire du mal aux vivants : c'est le contraire ; j'étais très doux à l'égard de tout le monde, je n'aurais pas fait de mal à un enfant. Aussi suis-je certain de n'avoir pas un seul ennemi au 74° de ligne. Tous les sous-officiers que je fréquentais m'estimaient pour ma franchise et ma gaité. »

. . . . . . . . . . . . . . . . . . . .

# IX

La lecture finie, l'abbé Morlat semblait lire encore.

M. Jourdan se mit à sourire et lui dit :

— A quoi penses-tu ?

— C'est bien extraordinaire, tout cela !...

— D'autant plus que de l'avis des jurisconsultes et des médecins, c'était la première fois qu'un pareil cas, à punir ou à observer, venait à se présenter. Souvent, ainsi que le constatait le bulletin du *Journal de Médecine*, « on avait appris par des faits, que les tribunaux ou la tradition avaient révélés, que certaine ardeur brutale ne s'était pas arrêtée même devant la

mort; mais l'on savait aussi que les cadavres,
objet des profanations, conservaient quelques
apparences qui rappelaient la jeunesse ou la
beauté ». Tandis qu'ici c'était une rage insensée,
une brutalité hideuse, un assouvissement odieux,
une destruction posthume, un duo macabre, la
manie sans nom d'un être perverti qui allait errer
la nuit sous les arbres funéraires et transformait
les cyprières en bosquets favorables à ses appétits inqualifiables.

Sous l'empire de la force inconnue qui sur-
montait sa volonté, imposait silence aux révoltes
de la chair et aux résistances de l'esprit, et qui
le poussait, le sabre d'une main, un cadavre de
l'autre, Bertrand arpentait les allées sombres des
cimetières, tailladant des bras, brisant des
jambes, ouvrant des ventres en putréfaction,
répandant des entrailles déjà rongées par les
vers, respirant, — comme des parfums délicats
et sensuels, — les émanations pestilentielles et
fétides qui s'échappaient des incisions qu'il pra-
tiquait avec rage.

On lui demanda si, dans un amphithéâtre de
médecine, il eût éprouvé les mêmes dispositions
en présence d'un cadavre.

« — Quoique la chose ne me soit jamais arrivée, je ne crois pas que mes instincts m'y eussent engagé, » répondit-il.

Il avait besoin, ce raffiné d'horreur, de la poésie de la tombe pour exciter et assouvir sa passion. Les dangers qu'il courait aiguillonnaient ses désirs, irritaient ses envies, décuplaient ses satisfactions et lui procuraient ces émotions violentes qu'il redoutait dans son état normal et qu'il recherchait si avidement lorsque ses goûts dépravés reprenaient possession de lui.

Dans l'auditoire, il y eut des frémissements lorsque, interrogé sur le choix qu'il semblait exclusivement faire des tombes de femmes, il répondit avec sa voix claire :

« — Je ne faisais pas de distinction, colonel. On m'accuse d'avoir une fois ouvert deux cercueils de femmes. Je suis persuadé que, dans une seule nuit, j'ai ouvert plus de vingt tombes, et, je me le rappelle, il y avait plus d'hommes que de femmes. »

— Et cela avec ses mains, n'est-ce pas ? interrompit l'abbé.

— C'est-à-dire avec son sabre ou bien avec les outils que les fossoyeurs laissent toujours à la traîne ; mais lorsqu'il n'avait ni arme ni outils, c'est avec ses mains qu'il déterrait, et, fait important, ses mains, quoique déchirées et tout en sang, ne lui faisaient ressentir aucune douleur. Ce n'était que le lendemain qu'il en souffrait.

— Mais comment cet homme intelligent ne reculait-il pas devant l'accomplissement de ces infamies?

— C'est ce que lui demanda le président, qui s'en étonnait avec tout le monde. On a vu des idiots incendiaires, meurtriers ; mais alors c'est de leur part un état inconscient de crainte ou de haine qui les pousse ; aussi répondit-il simplement qu'il était entraîné par une force irrésistible. Lorsque les accès étaient passés, il en gémissait tout le premier et déplorait les actes condamnables qu'il avait accomplis ; il subissait sa destinée et la subissait d'autant plus qu'il savait être épié, recherché. Rien ne pouvait l'arrêter dans le moment de ses crises. Il poussait même l'indifférence de la vie si loin, qu'ayant pu, par deux fois, emporter la machine infernale du cimetière Montparnasse, il n'y avait même pas songé. Il a fallu à cet homme une énergie, une force et une vigueur extraordinaires. Une fois, les chiens du cimetière des Hospices fondent sur lui aboyants et furieux. Immobile, il les fixe, les foudroie de son regard, et les chiens, baissant la queue, cessent leurs aboiements et retournent se coucher piteux et vaincus. Les murs qu'il escaladait étaient très élevés, mais il n'y avait pas d'obstacle pour lui ; son agilité naturelle était au moins doublée dans ses moments d'exaltation, auxquels les excitations bachiques étaient étrangères. Ces accès étaient précédés et suivis de malaises étranges, de migraines tenaces qui le forçaient à garder le lit plusieurs jours. Une déclaration qu'il fit lorsque le président lui demanda si, depuis qu'il était à l'hôpital, ses désirs lui étaient revenus, impressionna vivement l'auditoire. Il se leva, une rougeur subite envahit son visage décoloré, ses yeux brillèrent et il s'écria :

« — Mon colonel ! Lors de ma première déposition j'avais dit que j'ignorais si j'étais guéri, maintenant j'en suis sûr. Près de moi, j'ai vu mourir des camarades, j'ai entendu des râles et des gémissements. J'ai appris ce qu'était l'agonie, et ce spectacle, que je ne soupçonnais point, m'a vivement ému... Colonel ! ce n'est point pour atténuer ma faute, mais je le jure ! je suis guéri... J'ai peur des morts ! »

Et, tremblant, suffoqué par un sanglot, il se rassit, non sans laisser échapper un cri causé

9

par la douleur qu'il ressentait de ses blessures à
peine cicatrisées. Les médecins, consultés, déclarèrent tous que seule une maladie mentale avait
pu déterminer le sergent Bertrand à commettre
les actes qui l'amenaient à la barre du Conseil
de guerre. L'un d'eux ajouta qu'il était même
consolant pour l'humanité de penser que de pareilles énormités ne pouvaient être que le résultat d'un délire ou d'une maladie spéciale. Les
questions faites au médecin du Val-de-Grâce, qui
avait été plus particulièrement le confident de
l'accusé, furent au moins aussi nombreuses que
celles posées à ce dernier, et quelques-unes
d'entre elles eurent la plus grand influence sur le
procès.

Entr'autres questions, le président demanda
au docteur quelles étaient les violences que
l'accusé exerçait sur les cadavres et s'il savait
pourquoi il s'adressait de préférence au sexe
féminin...

— Quelle fut la réponse ?

— Mais...?

— Je te le demande.

— Il répondit que ces violences étaient de
toutes natures. Qu'il mutilait toutes les parties
du corps, fendait les bouches jusqu'aux oreilles,

séparait les membres, plongeait les mains dans les entrailles éparses. Tout en reconnaissant, dit-il en terminant, qu'il ne touchait pas au corps des hommes, il ne pouvait expliquer la préférence que, dans le principe, il donnait aux corps de femmes ; mais bientôt une nouvelle passion se joignit à la première...

— Assez ! je t'ai compris.

— C'était tout !

— Il fut condamné ?

— Au *maximum* de la peine... un an de prison.

— Un an... rien qu'un an !...

— C'est la loi.

La résolution de l'abbé Morlat était prise. La peine était si minime vis-à-vis du crime commis que c'était presque l'impunité.

— Il y a des crimes que les hommes ne peuvent pas punir, exclama-t-il !...

# X

## LE SECRÉTAIRE DU MAIRE

Si M. Bernard refusa les fonctions de sonneur de cloches et de sacristain, nous avons dit qu'il accepta celles de secrétaire du maire.

Il sentait qu'il avait une mission intelligente à remplir, et il ne voulait pas d'un métier de valet. Vraiment, il avait autre chose à faire que de mettre en branle la cloche de l'église ou de servir la messe !

— Un instituteur, pensait-il, doit être honoré et respecté ; son devoir est de se rendre utile par son intelligence et non par le travail de ses mains.

Secrétaire du maire, c'était autre chose : il avait des écritures à faire, des comptes à tenir, des rapports à rédiger, là il était dans son rôle, son intelligence était en jeu.

Aussi arriva-t-il bien vite à ce résultat : il était *monsieur*, tandis que son prédécesseur était tout simplement un paysan comme le grand Jacques, le métayer de M. Desclaux. Cependant ce mot « monsieur » avait l'air d'écorcher la gorge de ceux qui le prononçaient. Sans cependant avoir rien d'insultant, on eût plutôt dit une formule pour tenir à distance, qu'une formule de respect.

Qu'était-ce donc, en effet, que cet instituteur qui ne daignait pas trinquer et boire un rouge-bord avec le paysan ? Il avait bien raison de faire le fier ce *môssieu* dont l'état-civil ne désignait pas le père. Ce n'était pas comme M. Thibaut, son prédécesseur; en voilà un homme qui en *savait long.* Il était toujours enchanté des progrès que faisaient ses élèves... de vrais savants, qui comptaient jusqu'à cent en ne se trompant que trois fois, qui récitaient l'alphabet et signaient leur nom sans trop hésiter. A vrai dire, c'était là toute leur science, mais combien il y en avait dans le village qui n'auraient pu en faire autant !

Les enfants craignaient M. Bernard, son air toujours un peu sombre les effrayait.

M. Desclaux, le maire, lui-même, ne pouvait s'empêcher de ressentir une certaine antipathie pour cet homme ; — pour lui, ce n'était qu'un orgueilleux.

Le maire était cependant un excellent homme, un peu le type du gentilhomme campagnard et pas fier du tout. Bon cœur, très franc en affaires, les paysans l'aimaient, — ce qui est rare pour un maire. Sous sa direction, les affaires de la commune prospéraient ; il avait fait tracer des chemins vicinaux, aplanir la descente de l'abreuvoir, jadis dangereuse pour les bestiaux ; les jeunes filles, au jour de leur mariage, préféraient de beaucoup prononcer le oui sacramentel devant lui que devant l'adjoint ; c'est qu'aussi M. le maire leur mettait sur chaque joue un gros baiser dont elles étaient fières, serrait la main à leur époux, et souhaitait au jeune ménage au moins une douzaine d'héritiers.

Presque chaque jour, pendant le temps dont il pouvait disposer entre ses deux classes, et souvent dans la soirée, — M. Bernard se rendait auprès de M. Desclaux, qui faisait travailler son secrétaire chez lui. C'était dans le cabinet de ce dernier que se traitaient les affaires de la commune ; là se trouvaient aussi la plupart des registres composant les archives de la commune de X...

Pour passer dans le cabinet de M. Desclaux, il fallait entrer d'abord par la cuisine, qui donnait de plain-pied dans la cour, ensuite par le salon, où se réunissait toute la famille.

Elle se composait de Mme Desclaux, — Mme la *mairesse*, — excellente et digne femme qui allait à confesse tous les samedis pour communier le dimanche. Son seul souci était d'éviter à son âme le trouble résultant des mauvaises pensées et des tentations violentes. D'une douceur inaltérable, elle aspirait à la quiétude profonde, et, sentant en elle une terreur extrême des tourments à venir promis à ceux qui font gras le vendredi ou qui ont des distractions pendant l'office, elle cherchait à prévenir et à bannir cette crainte en récitant des prières continuelles et en invitant régulièrement son curé à dîner deux fois par semaine.

Mme Desclaux n'avait pas d'enfant, et il y avait en elle des trésors de tendresse maternelle qu'elle dépensait au profit de certaines mères moins riches, mais plus fortunées qu'elle.

De son côté, M. Desclaux regrettait l'infécondité de sa femme, infécondité doublement pénible à la campagne.

Ne jamais faire sauter sur ses genoux un joli petit être blanc ou rose, ne jamais s'entendre donner le doux nom de père par un bébé grêle ou joufflu dont il aurait fait l'espoir, l'idole et un peu le tourment de ses vieux jours, n'avoir personne à qui laisser son nom, ses terres, sa réputation d'honnête homme, M. Desclaux ne pouvait s'accoutumer à cette pensée, elle obsédait sans cesse son esprit.

Cet immense chagrin, — le seul qu'il eût éprouvé jusqu'alors, — s'atténua pourtant et s'effaça même peu à peu et par degrés du jour où il adopta Louise Desclaux, fille de son frère.

Ce frère, ruiné par de fausses spéculations, était mort à la peine, laissant dans un état voisin de la misère sa femme et son enfant.

M. Desclaux s'empressa d'offrir à sa belle-sœur et à sa nièce une place à son foyer.

Louise avait à cette époque-là sept ans; c'était une enfant vive et intelligente, qui promettait déjà de devenir une jeune personne charmante.

Au bout de quelque temps, M. Desclaux en fit son enfant d'adoption.

Son premier soin, chaque mardi, jour où il

venait en ville pour ses affaires, — ou celles de
sa commune, — son cheval une fois dételé et
mis à l'écurie, était de se rendre d'un pas allègre,
en sifflotant un petit air de chasse, au parloir
du couvent où il avait placé sa nièce, un peu
malgré lui, pour contenter un des rares désirs
de sa femme. Là, il demeurait seul quelques
instants pendant qu'on allait chercher Louise,
et il restait tout ce temps debout, ne songeant
pas à s'asseoir, épiant dans le silence du corridor
si le parquet allait crier sous les pas de l'enfant;
la porte s'ouvrait et sa nièce volait dans ses
bras. Alors il la tenait assise sur son genou, un
bras passé autour de sa taille fine. Quand il sentait sur sa joue brunie les timides, mais affec-
tueuses caresses de l'enfant, ou qu'il entendait
ses cris de joie à la vue des cadeaux ou des
bonbons dont il l'accablait, il sentait son cœur
se fondre dans un élan immense de tendresse, et
c'est avec un accent pénétré qu'il l'appelait : —
ma Louise !

Où il était véritablement heureux, c'est quand
arrivaient Pâques et surtout les vacances. Louise
était l'ange, — un peu turbulent, — qui venait
réveiller de son rire sonore les échos de la maison.
et porter à son *petit oncle* un amas de distrac-

tions charmantes et de pures joies, en même temps qu'une somme énorme d'inquiétudes.

Il l'emmenait sans cesse avec lui ; comme lui, c'était une Desclaux, et il éprouvait vraiment de l'orgueil quand, en passant dans la rue, il entendait dire : « Voilà M. et Mlle Desclaux qui passent ! »

La mère de Louise vivait paisible et heureuse au milieu de cette famille devenue la sienne, aidant sa belle-sœur aux soins du ménage et tâchant de se montrer reconnaissante des bontés qu'on avait pour elle et pour sa fille.

Quand Bernard arriva à X***, Louise venait d'atteindre sa seizième année. De grands yeux bleus et une chevelure blonde, lui encadrant sa figure virginale, la faisaient ressembler à une madone descendue d'un tableau de Raphaël. Tout en elle respirait la douceur. Par instants, l'enfant vive et rieuse devenait une jeune fille grave et réfléchie. Ses joues, presque toujours pâles, s'empourpraient subitement sous une impression morbide. Pourtant elle ne se plaignait jamais et ne se croyait pas malade. Elle était si joyeuse dans la grande maison, de se sentir aimée et choyée, qu'elle n'aurait voulu à aucun prix effrayer et tourmenter ses parents en leur contant le mal inconnu qui grandissait en elle. Toujours elle offrait un sourire, et quand elle mettait sur le front blanchi de son oncle un baiser caressant, on aurait dit qu'elle concentrait sur ses lèvres, comme dans la crainte d'un prochain départ, toute son effusion et toute sa tendresse.

Chaque jour, après le déjeuner, la famille Descl aux faisait une promenade dans le jardin, puis se réunissait dans le salon. Les dames se livraient à des travaux d'aiguille. M. Desclaux lisait ses journaux.

C'était à ce moment qu'arrivait le maître d'école. Il causait un instant avec le maire des travaux qu'il avait à faire et se mettait aussitôt à la besogne.

La porte du cabinet de travail, qui communiquait avec le salon, restait ordinairement entr'ouverte, et quand, fatigué d'aligner des chiffres ou lassé des formules administratives, il levait les yeux, il avait devant lui le spectacle de cette vie de famille dont il était déshérité à tout jamais.

Des pensées de désespoir et de haine gonflaient son cœur et envahissaient son cerveau.

— Allez ! s'écriait-il, allez, âmes sans pitié,

qui ne vous doutez pas de ce que vous me faites
souffrir. Votre bonheur m'exaspère, votre joie
me tue. Ne portez pas vos regards vers ce cabinet, ne mêlez pas une amertume à votre félicité !
Que vous importe, du reste ! Qui de vous com-
prend le mal qui me ronge et se doute de mes
nuits sans sommeil et de mes jours sans espoir ?
Je suis un bâtard, je fais ma tâche, on me paie,
que dois-je demander de plus !... Place à ce
foyer ?... moi ?... A quel titre ? — Non, enfant
sans père, va seul avec tes souvenirs, avec tes
colères... Seul ! toujours seul !... Ma mère, je lui
ai pardonné !... mon père m'a renié... Ces heureux, qui me torturent sans le savoir, je vais
jusqu'à les haïr !... Personne ne me tendra la
main pour sortir de ma situation ! Et cette pâle
jeune fille, qui me regarde à peine, ne com-
prendra jamais que j'ai un cœur et que j'aime !...

Et une larme descendait lentement sur ses
joues.

— Tu pleures, misérable... tu n'en as pas le
droit. Travaille, tu voles le temps d'autrui !

Et la plume fébrile grinçait vivement ; la
feuille se couvrait de caractères correctement
alignés, et le cerveau ne rendait plus qu'une
idée confuse, traversée seulement parfois par un

éclair de haine, par un désir de vengeance.

Dans le salon d'à côté, le maire souriait et bavardait en jouant avec les boucles blondes de la jeune fille.

## XI

Depuis tantôt cinq mois, Mlle Desclaux était revenue à la campagne chez son oncle; son état de bizarre maladie l'avait forcée à quitter le couvent — quand arriva le mois d'août, ce mois cher aux écoliers, auxquels il apporte la clé des champs.

A ce moment, la maison de M. Desclaux s'augmenta d'une personne. Mlle Philomène, amie de pension de Louise et orpheline des plus intéressantes, vint passer ses vacances auprès de la seule de ses camarades de qui la bienveillante hospitalité ne pouvait pas être regardée comme une aumône.

En l'honneur de la nouvelle venue, M. Des-

claux voulut donner une fête, et il invita à dîner
trois de ses plus dévoués conseillers municipaux,
le percepteur et son voisin le plus proche,
M. d'Extrême, le notaire. En tout on devait être
quatorze. A l'heure de se mettre à table, un convive manquait : le percepteur.

— Diable d'homme ! grommela M. Desclaux ;
treize à table, ce n'est pas possible..., pour qu'il
nous arrive malheur ! C'était donc bien pressé
ce qu'il avait à faire ! Franchement, ce n'est que
sous ce gouvernement que les percepteurs tra-
vaillent tant.

Chaque convive superstitieux, — et ils l'étaient
tous, — fit ses petites réflexions qui se termi-
naient par des variantes sur cette phrase : *on
demande un quatorzième !* ou, chose qui glaçait
d'inquiétude quelques-uns d'entre eux : *il faut
que le treizième s'en aille !*

On parlait de faire asseoir à la table du maître
la cuisinière, le valet de ferme ! le chien de la
maison, lorsque Mlle Philomène, qui voyait dans
la pièce à côté travailler, silencieux et sombre,
le pauvre maître d'école, tira par le bas de sa
redingote M. Desclaux, et lui montrant Bernard,
dit :

— Et monsieur ?

— Tiens, c'est vrai : je n'y avais pas pensé !

Puis, passant dans la pièce où il travaillait, M. Desclaux vint dire à son secrétaire :

— Tirez-nous donc d'embarras et veuillez accepter à dîner ce soir avec nous.

Le premier mouvement de Bernard fut de refuser, et il allait le faire; mais Louise était entrée sur les pas de son oncle et avait ajouté :

— Vous venez, n'est-ce pas ?

Je ne sais quelle inflexion douce elle donna à se voix, qui vint faire tressaillir le cœur malade du pauvre Bernard; mais, ahuri, heureux, inquiet, voulant et ne voulant pas, subissant l'étrange fascination des premières paroles que Louise lui eût jamais adressées, il se leva comme un automate et se trouva à table sans s'être bien éveillé du rêve qu'il croyait avoir fait et qu'il voulait faire toujours.

Placé entre M. d'Extrème, son père, et Mlle Philomène, la nouvelle compagne de Louise, il se renferma dans un silence complet; mangeant peu, buvant moins, ne parlant pas, il remplissait consciencieusement son rôle de quatorzième à table.

Plusieurs fois, Mlle Philomène eut la démangeaison d'entamer une conversation avec son compagnon ; mais elle n'osait pas, quoiqu'elle se sentit attirée vers lui. Lorsqu'on se leva de table, Bernard voulut prendre congé.

— Vous vous ennuyez donc bien avec nous ? fit Louise.

— Le fait est qu'il n'a pas eu l'air de beaucoup s'amuser, glissa Philomène à l'oreille de sa camarade, qui lui retourna par le même mouvement ces trois mots :

— C'est un sauvage !

Parole très juste, à laquelle la conduite de Bernard donnait complètement raison.

L'arrivée inattendue du percepteur rendit la liberté au maître d'école. Le fonctionnaire reprit sa place ; Bernard s'esquiva.

Non, ce n'était pas un sauvage ce garçon si éprouvé dans sa courte existence, mais c'était un jaloux et un vindicatif. Souvent il sortait de chez lui en proie à des excitations farouches ; il se rendait sur un petit tertre, derrière l'église, d'où il dominait une immense portion de la contrée. De là, il dardait des regards sur la demeure de son père, réfléchissait alors à la partie de son existence qui lui restait à parcourir, et en faisant le parallèle de ses souffrances actuelles et de ce que ses joies et son bonheur auraient pu être, il aurait voulu avoir la puissance de ce vieillard légendaire dont les yeux, comme deux charbons ardents, enflammaient tous les objets qu'ils fixaient.

L'excès de haine entraîne toujours une réaction. C'est ce qui arriva. Il haïssait trop pour ne pas beaucoup aimer. Ce fut Louise qu'il aima la première, et par toutes les sollicitudes où le conduisait sa tristesse, il rêvassait à ce qu'il aurait fait pour elle. Esprit poétique, rêveur sentimental, il réalisait dans ses moments d'exaltation les choses les plus insensées et les plus chères à son cœur.

Il voyait une maison perdue au milieu d'un bois de mélèzes et d'acacias, où, caché avec Louise, il passait la vie à contempler ses traits chéris et à lui dire qu'il l'aimait, qu'il n'avait qu'elle au monde. Son père disparaissait ; il ne le voyait plus qu'à l'état de comparse dans la féerie de son existence. Son amour pour Louise absorbait toutes ses facultés, ainsi que tous ses instants. A la suite de ces exaltations, des migraines affreuses s'emparaient du pauvre hère qui brisait ainsi son cerveau sous les étreintes passionnées d'un bonheur fictif.

Le lendemain du dîner, auquel il avait été un

chiffre, — 14 — quand Bernard vint chez le
maire, il rencontra dans la cour de la maison
les deux jeunes filles qui jouaient au volant.

— Voulez-vous jouer avec nous, monsieur
Bernard ? lui dit Philomène.

— J'y serais trop maladroit, répondit le maître
d'école.

— Oh ! interrompit Louise, ça s'apprend tout
seul.

Et les deux petites étourdies d'aller et de venir,
faisant sauter le volant, le rattrapant, le reje-
tant et lui faisant subir en un mot tous les
caprices de la raquette.

— Avez-vous beaucoup d'élèves ? questionna
Philomène en regardant Bernard.

— Une trentaine au plus.

— Pauvres petits !

— Pourquoi, pauvres petits, mademoiselle ?
aucun d'eux n'est à plaindre... ils ont tous une
famille !

Cette fois, Mlle Philomène manqua le volant,
et sans l'arrivée d'un importun, qui vint changer
le sujet de la conversation ainsi que le cours des
idées, — d'au moins deux de ces personnages, —
encore une fois les choses auraient tourné au
noir, cette couleur qui peint dans le cœur de

l'homme autant de désespérance que de mélancolie.

A partir de ce jour, peu à peu une sorte de familiarité s'établit entre Bernard et Philomène, et si Louise n'y prit aucune part, c'est que Bernard semblait la fuir. Ce qu'il recherchait dans Philomène, c'était un être humain avec lequel il pût parler d'*elle* sans éveiller aucun soupçon.

— Mlle Louise va bien ce matin? disait-il en l'abordant.

Ou encore :

— Est-ce que Mlle Louise est sortie?

Voilà ce qu'il en disait, c'était bien innocent, et cela lui suffisait. Aussi recherchait-il un peu la société de l'amie de Louise, qui, disons-le tout de suite, ne fuyait pas celle du maître d'école.

Bien souvent au milieu de sa classe, dans l'après-midi, il entendait des rires joyeux et voyait passer, comme un tourbillon, des ombres devant les fenêtres de son école qui donnait de plain-pied sur le grand chemin ; il n'avait pas besoin d'aller voir ce que c'était ni qui courait ainsi.

Se livrant aux ébats de leur âge, Louise et Philomène passaient devant chez lui, jouant et folâtrant, courant après les papillons.

Un instant après, même manège ; puis la voix criarde d'une domestique se faisait entendre :

— Mam'zelle ! mam'zelle !

— Quoi ? répondait-on.

— On vous dit de rentrer.

Moins vite repassaient les deux jeunes filles en murmurant des paroles de contrariété, et dans la classe, tandis que Bernard les suivait, leur parlait, les contemplait en imagination, au milieu du calme, les petits enfants de l'école épelaient sur le tableau noir le B A, BA ; B E, BE ; B I, BI ; mélopée de rigueur à laquelle le professeur ne prêtait plus aucune attention.

Franchement, cette situation de Bernard est une des plus pénibles qu'il soit au monde. Victime de ses parents, victime de la société, victime de tous les préjugés, comme de tous les partis pris de la société, il avait vu tous les bonheurs passer devant lui, une rose à la main, lui chanter sous le nez, en le narguant :

Tu ne l'auras pas, Nicolas !

# XI

## LES VACANCES DE PHILOMÈNE

### (Suite).

Ici se place un petit incident. Il y eut un
mariage dans la commune, mariage bien humble
et qui fut en partie l'œuvre de Bernard.

Sous son aspect morose, lui, l'homme intelligent, — artiste même, — ne pouvait consentir
à passer tout à fait pour un sot devant ceux de
sa commune.

Tant que, seul avec ses soucis, il avait vécu
dans la retraite la plus profonde, il s'était tenu
coi et indifférent à tout ce qui se passait autour
de lui; mais depuis que son amour pour Louise
lui était venu, insensiblement il avait moins né-

gligé ses cheveux et sa barbe, et, ma foi, il lui prit un beau jour l'envie de se mettre un peu en évidence.

On peut refaire son caractère, mais non changer la nature humaine, et la présence de deux jeunes filles excite toujours à quelques déploiements de faculté.

La langue verte moderne a trouvé un mot qui dépeint bien l'état de celui qui, comme le coq, fait le beau et tient à se faire remarquer. Pour indiquer que malgré tout ce qui peut justifier cet état il y a toujours quelque chose de guindé dans cette situation, on appelle cela : la *pose.*

On est bien, on veut paraître mieux ; on a des qualités, on cherche à les faire valoir ; on a des défauts, on cherche à les cacher ; voilà la pose, et le résultat obtenu est bien souvent contraire à celui qu'on se proposait.

Il y avait dans la commune deux jeunes gens qui s'aimaient, mais auxquels le manque de quelques pièces de cent sous rendait le mariage difficile et l'établissement presque impossible. Ces quelques pièces de cent sous, Bernard les avait ; il les donna sans se douter, l'honnête garçon, que l'on chercherait un motif vil à son intervention ; il donnait pour donner, pour faire

un peu de bien, tout en se faisant un peu remarquer, et l'on ne manqua pas, trouvant la fiancée
jolie, le bienfaiteur généreux, de se demander si
c'était un paiement ou un acompte.

Mais n'importe, malgré les cancans, le mariage
eut lieu avec quelque solennité. Sans faire parade
de prodigalité, tout fut à peu près bien, et voici
ce que Bernard trouva en récompense : ce fut à
l'église, où il voulut tenir l'orgue et faire valoir
ses talents de musicien.

Toute la commune était là ; Louise aussi.

Bernard rayonnait. Les époux étaient unis, la
messe en était à l'*élévation* : un court et doux
prélude à l'orgue fit tourner toutes les têtes des
assistants vers Bernard. On attendait quelque
chose d'inusité. Alors une voix belle, pure, tim-
brée, fit retentir les murs de la modeste église.
Bernard, les mains sur le clavier, les yeux au
ciel, entonna l'air de *Stradella,* air si touchant,
si suave et si fervent, qu'il fit autrefois tomber
le poignard des mains d'un assassin, et que ce
jour-là plusieurs personnes dans l'assemblée
sentirent leurs yeux se mouiller sans comprendre
un mot du latin qui se chantait, sans raisonner
l'émotion qui les saisissait.

L'abbé Morlat, l'officiant, s'arrêta presque

dans son invocation à Dieu, sûr qu'à des accents
d'une semblable piété, d'un caractère si religieux,
si sincères et si élevés, le Créateur ne devait pas
rester sourd. L'enfant de chœur, bouche béante,
la clochette à la main, n'osait pas s'en servir,
tandis que Bernard, fiévreux et emporté, faisait
gémir l'orgue sous ses doigts et vibrer dans
l'église les louanges d'un Dieu qui servait à faire
valoir la voix et le talent de sa créature.

On en parla longtemps dans la commune, et
la récompense du chanteur improvisé furent les
larmes qu'il vit scintiller dans les yeux de Louise,
qui sans le vouloir lui payait le plus doux témoi-
gnage d'admiration que l'amour-propre de Bernard eût souhaité.

En se mettant au lit, le soir, Bernard résuma
le tout par ces mots :

— On ne dira pas que je suis un imbécile,
maintenant !

Ne nous y trompons pas, *on*, c'était Louise
toute seule.

Ce fait n'amena guère de changements aux
choses qui se passaient ordinairement dans la
commune de X***, si ce n'est que le percepteur
regretta que le maître d'école ne chantât pas la
gaudriole au dessert et après boire.

Les vacances s'avançaient. Philomène retourna au couvent passer ses derniers examens, et le trait d'union manquant entre Louise et Bernard, ils ne se parlèrent plus qu'à de rares intervalles, que ce dernier ne chercha pas à rapprocher.

# XIII

## LA MORT D'UNE JEUNE FILLE

On n'est pas des sauvages, parce qu'on habite la campagne. Le piano a pénétré jusque dans les vallées les plus profondes, comme sur les montagnes les plus escarpées, et avec lui la jeunesse trouve un compagnon toujours disposé au plaisir, et surtout à la danse.

Chez M. Desclaux, on improvisait de ces petites soirées où le sans-façon, — qu'il ne faudrait pourtant pas confondre avec le sans-gêne, — et la cordialité remplacent si avantageusement l'étiquette des salons. On était bien une quinzaine de personnes, et tout le monde dansait ; pas même la grand'mère ne refusait sa partie dans cette

sauterie, où nul ne faisait tapisserie : on préférait *tricoter* un brin des jambes.

Voilà où l'intérieur de la famille prend véritablement un caractère patriarcal. Le petit-fils
danse avec son aïeule, le mari ne regarde pas
l'âge qu'a sa femme ; et, du moment qu'il y a un
amusement sous roche, chacun dans la maison
en prend sa part suivant son âge et son tempéra-
ment.

Dans ces cas-là, les vieilles gens parlent du
menuet de leur temps et de la gavotte, les plus
jeunes du quadrille, où *Chicard* s'est illustré,
tandis que la grand'mère hoche la tête et prend
une prise, en se rappelant qu'elle était du temps
où l'on a commencé à danser la *polka*, cette
danse de perdition !...

Et comme c'est bon de danser dans ces conditions ! Personne ne recule devant la fatigue ; les
jeunes filles et les jeunes femmes ne craignent
pas qu'une sueur indiscrète vienne faire écailler
les peintures de leur visage, et les mamans ne
sont pas tellement serrées dans leur corset que
tout mouvement leur soit interdit.

Valse-t-on ? — polke-t-on ? c'est jusqu'au bout
que l'on va. Les danseurs ont des jarrets d'acier
et les danseuses une énergie incomparable, et il

n'y a guère que la fatigue ou l'heure qui viennent
mettre le holà, séparer les couples et ordonner
le repos.

Au mois de janvier, c'était petite fête chez
M. Desclaux.

Il gelait au dehors.

Entre deux danses, Louise alla chercher je ne
sais quoi caché dans une armoire, — quelque
friandise probablement. — Le lendemain, elle
se mettait au lit.

— Elle a pris froid, dirent les parents.

Ce n'était peut-être que cela, mais ce fut terrible ; le délire s'empara de la jeune fille, une
fluxion de poitrine se déclara. On appela le médecin du bourg, puis un docteur de la ville, puis
deux, puis trois. La douleur régnait dans toute
la famille ; il semblait que déjà l'on pressentît la
funeste fin de cette maladie.

Appelée en toute hâte, Mlle Philomène
accourut, et c'est entre les bras de sa mère et de
Philomène, — que Louise nommait sa sœur, —
qu'au mois de février la pauvre enfant rendit son
âme pure et vierge entre les mains de celui de
qui elle la tenait.

Renfermant sa douleur au plus profond de lui-
même, Bernard Célestin avait assisté à toutes les

phases de la maladie qui devait emporter celle
qu'il aimait le plus au monde, et son mutisme
ordinaire devint une sorte de parti pris. On le vit
bien parler encore quelquefois au dehors de sa
classe, mais il reprit les habitudes taciturnes qu'il
avait auparavant.

La famille Desclaux garda Philomène auprès
d'elle, et si cette dernière y consentit, c'est qu'elle
pensait, à un moment donné, prendre assez
d'empire sur Bernard pour l'épouser et lui
donner un peu de ce bonheur qu'elle rêvait pour
elle, et que, depuis qu'elle avait connu le maître
d'école, elle se proposait de partager avec lui.

La femme, qui est toute d'impression, s'élève
bien haut quand elle sait raisonner ses affections,
et le calcul de Philomène, je veux dire ses pres-
sentiments et ses espoirs, étaient ceux-ci :

— Je suis orpheline et sans fortune ; il me faut
quelqu'un d'éprouvé et de triste, pour que ma
présence soit un baume sur ses plaies et un rayon
de soleil dans son existence. Je ne puis lui donner
le bien-être matériel que la fortune entraîne avec
elle ; mais je puis être bonne, douce, préve-
nante ; je peux lui donner ce que nulle fortune
ne paie : ce bonheur domestique après lequel on
court souvent toute sa vie, car c'est le seul qui

ne laisse pas de regrets, et dont le souvenir soit un charme de plus.

Cette sombre humeur qu'elle voyait dans Bernard, et dont ne se rendait pas compte bien exactement Mlle Philomène, elle l'attribuait à la solitude dans laquelle il vivait. Quand elle passait devant l'école, elle jetait un regard sur les fleurs du parterre et se disait : «Moi, je changerai cette bordure et je planterai des rosiers ; là, je mettrai de la verveine, ici du réséda ; oh! ce sera très gentil! »

Et puis, il y avait un grand besoin d'attachement chez Philomène ; elle en trouvait le placement dans la personne de Bernard, placement d'autant plus avantageux que, comme toutes les femmes, elle pouvait joindre à son affection, — qui tous les jours devenait de l'amour, — ces sentiments de douce sollicitude et d'inquiète prévoyance qui font la mère de famille et l'épouse dévouée.

Maintenant que nous connaissons tous les ressorts de ce drame intime et tous les personnages qui y ont pris part, il nous reste à en faire connaître le dénouement et à montrer comment, dans la vie, les événements se succèdent, amenant des découvertes si inattendues et des cas si fortuits

11

que l'homme, se refusant à en donner une explication rationnelle, préfère s'incliner devant une puissance inconnue et dire avec respect : c'est le doigt de Dieu.

# XIV

## LES RECHERCHES DE PIERRE

Après plusieurs mois de recherches, Pierre, qui avait commencé par soupçonner tout le monde dans la commune, ne se trouvait plus en présence que de quelques noms, parmi lesquels devait se montrer celui du coupable.

Il avait dressé sur un registre une liste générale de la population ; puis, au fur et à mesure qu'il acquérait la conviction que tel ou tel ne pouvait pas être l'auteur de la profanation, il barrait le nom. Il faisait de même que les écoliers approchant des vacances, qui raient chaque jour sur leur calendrier le jour qui commence.

Pierre procédait par élimination.

Resté devant cinq personnes, le vieux Pierre hésita avant de mettre à exécution le projet qu'il caressait.

Voici la liste et ses réflexions :

*M. Jourendol, percepteur :* — Notre percepteur est toujours entre deux vins, ce qui pourrait expliquer la *chose*, un jour qu'il aurait eu les deux vins dans le corps.

*M. d'Extrême, notaire :* — A été étudiant à Paris : Dans ces lieux de perdition, on y puise tous les germes de la plus déplorable dépravation.

*M. Mathieu, médecin :* — Ces charcutiers de l'homme ne reculent devant rien; ils tranchent dans le corps quand il est vivant et font des expériences sur les cadavres à l'amphithéâtre.

*M. Tartois, boucher :* — Comment se fait-il que son chien ait aboyé toute la nuit, et que non-seulement il ne l'ait pas fait taire, mais encore comment se fait-il que le jour du sacrilège il fût levé de si bon matin et n'ait rien vu ni entendu?

*M. Morlat, curé :* — Et pourquoi pas?... En définitive, c'est lui qui m'a appris la chose. Je n'ai vu personne, moi. — Qu'allait-il faire de si bonne heure dans le cimetière, un jour qu'il neigeait?

Puis on voyait plusieurs noms barrés et pour lesquels Pierre avait dédaigné de poursuivre ses investigations, entre autres :

M. *Bernard Célestin, maître d'école :* — Bien sombre, mais pas méchant ; un peu fou ; incapable de rien de ce genre.

Il y avait déjà onze mois que les choses étaient passées quand Pierre reprit sérieusement le cours de ses recherches; et pour cela, n'ayant rien appris par l'expectative, il résolut d'engager le combat. Le silence qui avait régné sur cette affaire, la facilité avec laquelle le coupable n'avait pu être reconnu et trouvé indiquaient trop à Pierre qu'il *était* de la commune et *résidant* encore dans la commune, pour qu'il n'essayât pas d'un nouveau système destiné à lui faire connaître la vérité.

Il se présenta donc chez le curé.

— Bonjour, mon brave Pierre!

— Bonjour, monsieur le curé!

— On dirait que ta mine est plus sombre que de coutume.

— Et si on le disait, monsieur le curé, il pourse faire que l'on eût raison.

— Aurais-tu du nouveau à m'apprendre?

— Peut-être un peu, peut-être rien ; mais enfin je crois être maintenant sur la trace.

— Vraiment? Oh! parle, parle!

Et prenant les mains de Pierre, le curé l'entraîna près d'une table, le fit asseoir, s'assit lui-même, et, les coudes appuyés, le visage dans les mains, il lui dit :

— Je suis tout oreilles mon cher ami.

— Monsieur le curé, — commença le vieux Pierre en tordant sa casquette entre ses mains, tandis qu'une sorte de sourire ironique plissait ses lèvres, — vous rappelez-vous bien la nuit du 9 février?

— Peux-tu me le demander?

— Oui, je le peux, et même je le dois. Cette nuit-là, monsieur le curé, vous êtes venu me trouver, comme un juge d'instruction vient trouver un criminel ; vous m'avez interrogé, j'ai répondu ; vous avez voulu des preuves, je vous les ai fournies ; vous avez jugé et vous m'avez absout de vos soupçons. Est-ce exact, ce que je dis?

— C'est vrai! Et tu sais combien j'ai regretté...

— Ne parlons pas de cela. J'ai oublié ce qui m'est personnel ; mais je n'ai rien oublié des cir-

constances qui ont précédé et suivi le crime.
Monsieur le curé! — Pierre se leva — qui donc
a vu l'homme sauter par-dessus le mur du
cimetière?

— Moi.

— Et qui a déterré Louise Desclaux?

— Mais l'homme, évidemment! — Quel autre
que lui cela pourrait-il être?

— Vous, monsieur le curé?

— Moi, Pierre, que dis-tu?

— Je dis que vous m'avez soupçonné et que je
puis bien vous soupçonner à mon tour. Je suis
resté très longtemps avant d'accueillir cette idée,
mais elle a fini par se planter là, dans ma tête,
et tous les saints du paradis ne la feraient pas
sortir maintenant. Comment, vous avez vu un
pareil forfait, et depuis onze grands mois vous
n'avez rien trouvé?... Qui me dit même que vous
avez cherché?...

L'abbé Morlat, anéanti, accablé, écoutait, mais
certainement sans comprendre.

Pierre continua :

— Oui, depuis onze mois, je suis obligé de
vous en parler, pour apprendre de votre bouche
que vous ne savez rien, que vous ne soupçonnez
personne. Depuis onze mois, je cherche seul, et

cela m'a mis dans l'esprit que vous deviez avoir
un intérêt à ne rien dire : de là à penser que
vous étiez le coupable, il existe un abîme ; mais
votre mutisme était tel, que j'ai franchi l'abîme ;
aujourd'hui, je suis accusateur à mon tour. Il ne
fallait pas venir me chercher pour vous aider à
réparer votre crime, car sans moi, qui, comme
une pauvre bête, n'y vois pas plus loin que le
bout de mon nez, on aurait trouvé le cadavre,
on aurait été chercher la gendarmerie ; le procureur impérial serait venu, on aurait griffonné
du papier, interrogé des personnes, de bons et
vrais mouchards seraient venus ici, et, à l'heure
qu'il est, on saurait à quoi s'en tenir, tandis que
moi j'ai eu la bêtise de croire à votre fable.
Comme un sot renard, je me suis laissé prendre
au piège et je suis votre complice ! Tout est
contre vous, monsieur le curé : votre arrivée à
une heure indue à l'église, votre trouble, votre
refus d'appeler la justice civile. Moi, je vous
avertis, j'en ai assez de votre autre justice qui ne
vient pas, et je vais aller tout dire aux gen-
darmes.

L'abbé Morlat ne bougeait pas.

— Vous m'avez entendu, monsieur Morlat ?

Pas de réponse.

— Ah ça! reprit Pierre, chez lequel souvent
le troupier reprenait le dessus, allez-vous répondre?

— Non, mon ami, répliqua doucement l'abbé
Morlat, je n'ai rien à répondre, et je ne répon-
drai pas. C'est vrai, il y a des faits matériels qui
sont contre moi; les hommes me condamne-
raient peut-être sur la déposition que vous en
feriez, mais j'ai ma conscience pour moi, et
Dieu, lui, ne me punira pas. C'est une épreuve
de plus dans ma vie d'abnégation et de pénitence, je l'accepte et je bénis le nom de celui qui
me l'envoie.

— Mon Dieu, monsieur le curé, bénissez un
peu moins et soyez franc. Tenez, je vais vous
dire une chose : sur mon honneur, je garderai
le secret, parce que vous êtes bon pour les
pauvres, mais il faut que je sache à quoi m'en
tenir, cette affaire me trotte trop dans la tête; il
y a des nuits où j'en rêve, et c'est un cauchemar
atroce. C'est-il vous qui ou non, dites-le moi,
car, voyez-vous, je veux en finir, et, par le ton-
nerre du diable, j'en finirai d'une façon ou d'une
autre. Je suis le confident d'une chose pour l'impunité de laquelle je ne veux pas devenir ni
rester le complice.

— Non, Pierre, ce n'est pas moi.

— Jurez-le !

— Je l'affirme, simplement.

— C'est bon, je vais maintenant secouer les autres.

— Quels autres ?

— Je vous le dirai après, monsieur le curé Puisque je ne puis pas compter sur vous, je vais faire ma petite tournée, et pour avoir attendu longtemps, je n'en serai pas plus mou pour ça.

Et saluant, Pierre quitta la cure.

Ne croyez pas que Pierre fût sincère dans cette scène qu'il venait de faire ; au fond, il était persuadé de la parfaite innocence du prêtre ; mais ce qu'il avait tenté, c'était de relever cette nature un peu faible, — sinon timorée, du moins craintive, — qui, ayant des soupçons sur quelqu'un, passait tout son temps plutôt à se prouver qu'il n'était pas coupable qu'à rechercher activement la culpabilité. Fort mauvais juge d'instruction, on le voit, il croyait trop à l'honnêteté générale. Pierre était bien décidé à le réveiller de sa torpeur, et, pour ne pas perdre de temps, il se rendit chez le percepteur. Ce dernier venait de déjeuner, et plusieurs pleines rasades avaient rendu M. Jourendol aussi gai qu'un pinson et plus babillard qu'une pie.

— Qu'est-ce qui me vaut votre visite, Pierre?

— Un conseil à vous demander.

— Je veux bien vous donner des conseils, ça ne coûte pas grand chose et ça fait toujours plaisir à celui qui les donne.

— Vous qui connaissez la loi...

M. Jourendol but une rasade à la santé de ses connaissances en droit.

— ... Pourriez-vous me dire, continua Pierre, à quoi serait condamné quelqu'un qui se serait promené dans un cimetière?

— A rien, mon vieux.

— Oui, mais... s'il avait cassé quelque chose?

— Dans ce cas-là, la justice apprécie le dégât.

— Et quand il n'y a pas précisément dégât, mais délit moral?

— La justice apprécie toujours. Pourquoi me demandez-vous tout ça?

— Voici, j'ai lu dans un journal le fait suivant.

Et Pierre raconta la scène du cimetière de la nuit du 9 février, scrutant chaque mouvement du percepteur sans rien y surprendre. Il faut même dire que ce dernier ne fut pas ému outre mesure.

— Voyez-vous, Pierre, dit-il, en forme de con-
clusion, tout ça c'est des histoires que racontent
les journaux, c'est un *canard* qu'il faut être bien
bête pour croire un seul instant.

— Merci tout de même, M. Jourendol.

Le percepteur acheva, sur cette phrase, la
bouteille qu'il avait entamée alors que Pierre
avait commencé son récit.

— Encore un nom à rayer se dit mentalement
Pierre, en quittant le percepteur.

Il alla chez le boucher.

— Hé bien! monsieur Tartois, nous allons
donc paraître devant la justice?

— Moi? fit le boucher stupéfait. Et pourquoi,
s'il vous plaît?

— Vous vous souvenez de ce que vous a dit
M. le curé l'année dernière au mois de février, à
propos de votre chien, qui était entré dans le
cimetière?

— Parfaitement.

— Il paraît que c'est un délit, et que les
tribunaux sont très sévères pour ce qui est
de ça.

— Ne vont-ils pas maintenant empêcher les
chiens de garde de rôder autour des maisons? Et
puis, est-ce ma faute si, par endroits, le mur est

si bas que le moindre roquet peut y entrer et
sortir à son aise?

— Vous vous fâchez?

— Je me fâche... je me fâche... est-ce qu'il
n'y a pas de quoi? Franchement, on ne sait plus
que faire; et, sous le prétexte de délit, il n'y a
rien qui ne puisse mener devant la justice
aujourd'hui.

— Après tout, vous savez, je vous dis ça parce
que j'en ai entendu parler; maintenant, je ne dis
pas que ce soit fait! — Et puis, entre nous, ce n'est
pas tout; votre chien a été plus loin que l'on a
voulu vous le dire, il a gratté jusqu'à mettre un
cercueil à découvert. M. le curé en a parlé à son
évêque, et je ne sais comment cela s'est passé,
mais probablement que l'évêque, à son tour, en
a uta parlé à quelqu'un des juges, et voilà ce qui
aura amené la chose.

En disant cela, Pierre n'avait pas quitté des
yeux le visage de M. Tartois, et, à son grand re-
gret, à sa grande déception, il n'avait vu que se
peindre l'étonnement d'abord et l'appréhension
ensuite.

— On doit faire une enquête, ajouta le vieux
fossoyeur, qui voulait pousser les choses aussi
loin que possible, sans livrer son secret, parce

que, voyez-vous, ces gens de la justice c'est soupçonneux, et ça voit des montagnes partout, quoique le plus souvent ils ne trouvent qu'une souris.

M. Tartois, après une longue dissertation intime, dit à Pierre, qui guettait toujours un rien compromettant :

— Alors, vous croyez qu'ils me prendront mon chien ?

Cette réflexion acheva de convaincre Pierre que ce n'était pas encore là le criminel du 9 février.

— Il faudra le trouver, pourtant.

Après avoir réclamé du boucher le silence le plus absolu, ce que ce dernier n'eut garde de refuser, tant il craignait qu'en parlant de cette affaire on ne le poursuivît réellement, Pierre prit le chemin de l'étude du notaire.

Pierre n'aimait pas M. d'Extrême, il avait pour lui une répulsion instinctive, et s'il l'avait placé un peu des derniers sur sa liste, — comme pour la bonne bouche, — c'est qu'il n'était pas fâché, par des éliminations successives, de justifier en quelque sorte la croyance qu'il avait de la culpabilité du notaire, lequel passait pour s'occuper moins de son étude que de la jeunesse des environs et même de la commune.

D'un autre côté, le difficile était d'amener la conversation sur ce sujet. M. d'Extrême pouvait être un libertin, un orgueilleux, mais ce n'était pas un imbécile, et la moindre des choses pouvait le mettre en éveil, s'il était coupable. Il fallait donc être ou un fin diplomate, ou mieux, trouver un moyen ingénieux qui, sans éveiller les soupçons de M. d'Extrême, le forçât à se trahir.

Les réflexions dans lesquelles était plongé Pierre le firent modifier son itinéraire. Au lieu de rentrer chez le notaire, il se contenta de passer devant sa porte. Il abandonna sa poursuite contre le médecin et rassembla tous ses efforts pour interroger M. d'Extrême.

Il savait que le savant tabellion donnait souvent des rendez-vous à une des domestiques du médecin, robuste campagnarde aux joues rose extra-vif, aux mains un peu calleuses, mais dont la jambe, brunie par le soleil, semblait du bronze fondu, et dont la perfection corporelle égalait la vivacité de deux yeux qui semblaient ne pas demander mieux que d'accrocher le mouchoir de leur maîtresse aux ailes de quelque moulin. — Le proverbe dit *bonnet par-dessus les moulins*, mais ici « mouchoir » est plus exact, et c'est pourquoi je l'emploie.

Il surveilla les allées et venues de la jeune
fille, et l'ayant vue, vers sept heures du soir, se
rendre à une métairie appartenant au notaire, il
la suivit, la laissa entrer, entra après elle et lui
dit :

— Ce n'est pas ta place ici, Marie ; retourne
chez ton maître, et, crois-moi, sois une honnête
fille, ou tu t'en repentiras bien souvent.

Et, de peur qu'elle ne rencontrât le notaire, il
lui fit prendre, pour retourner au village, un
chemin autre que celui où passait habituelle-
ment M. d'Extrême.

Confuse autant qu'on peut l'être, Marie s'en
fut, regrettant bien un peu sa faute, mais regrettant surtout qu'elle fût connue.

C'est là l'histoire de toutes les fautes, on les
regrette moins pour soi que pour les autres ; et
c'est un observateur qui a dit : « Le mal n'est
pas de le faire, c'est de le faire savoir ; » ce qui
est exactement la même chose que la fameuse
proposition sur laquelle ergotaient les philoso-
phes du siècle dernier : « Le mal n'est mal qu'autant qu'il y a scandale. »

## XV

M. d'Extrême ne tarda pas à venir. Il marchait en flâneur, pour dérouter les soupçons, si par hasard quelqu'un le rencontrait, doutant qu'à cette époque de l'année, — n'oublions pas que nous sommes en janvier, — il ne pouvait arguer de la visite de ses récoltes : on ne va pas voir pousser l'herbe dans les champs en plein hiver, et le propriétaire le plus actif n'a rien à surveiller dans ce moment-là.

Il marchait donc en flâneur, prêt à dire que l'exercice fait du bien au corps et offre aux gens de cabinet un dérivatif à la vie... d'étude.

Rien n'ayant entravé ses projets, il entra dans

la pièce où il croyait trouver Marie, et ce ne fut pas une petite déception d'y rencontrer Pierre.

Mille soupçons plus bizarres les uns que les autres lui vinrent à l'esprit : Pierre venait-il pour lui faire rompre ses relations avec Marie? — Marie avait-elle parlé? — et, si Pierre connaissait cette liaison, d'autres ne la connaissaient-ils pas aussi? Pour un notaire contrarié, c'était un notaire contrarié.

Et cette contrariété, jointe à un certain effroi de la publicité qui pouvait être donnée aux irrégularités de sa conduite, bouleversait tellement la figure de M. d'Extrême, que Pierre sentit ses soupçons se confirmer devant la craintive attitude du notaire.

— Vous ne vous attendiez pas à me trouver ici, n'est-ce pas? dit Pierre, moitié menaçant, moitié railleur.

Et comme M. d'Extrême jetait de ci de là des regards scrutateurs dans l'appartement, Pierre ajouta :

— Ne cherchez pas Marie, je l'ai renvoyée pour causer avec vous, seul à seul, et bien sûr que vous ne me direz pas que vos affaires vous appellent ailleurs quand vous veniez à vos plaisirs, qui doivent vous prendre du temps.

M. d'Extrême ne savait que dire et que faire. Ce qui lui arrivait tenait tellement du roman pour lui, il s'attendait si peu à une situation pareille qu'il n'avait pas bougé, même quand Pierre, après avoir paisiblement fermé la porte et mis la clef dans sa poche, lui avait dit :

— Si vous voulez bien vous asseoir, nous allons commencer votre petite confession.

— Mais je n'ai rien à confesser, reprit M. d'Extrême, auquel l'assurance revenait avec la réflexion ; si vous avez rencontré Marie ici, c'est que... Mon Dieu !... je ne dis pas, mais...

— Ce n'est pas de Marie qu'il s'agit, c'est plus grave.

Pierre appuya sur ces mots.

— C'est plus grave ? articula M. d'Extrême, qu'est-ce donc ?

— Je vais vous le dire, car je ne suis pas venu pour autre chose... Monsieur le notaire, bas le masque, vous avez commis un crime !

— Moi ?

— Vous avez été vu dans le cimetière, au mois de février dernier, cherchant à exhumer de sa tombe la pauvre Louise Descláux. Vous êtes venu par trois fois, et c'est à la troisième seulement que vous avez réussi dans votre abo-

minable projet. Depuis un an, je vous cherchais ;
aujourd'hui, je vous tiens.

Et comme M. d'Extrême faisait un mouvement de dénégation :

— Ne niez pas, ne jurez pas, c'est inutile...
Écoutez, j'ai soupçonné tout le monde, j'ai fouillé
la vie intime de tout le monde dans la commune,
et c'est vous qui êtes le plus débauché de tous,
c'est vous sur lequel mes soupçons ont trouvé le
plus de prise, et je viens vous dire que, dès ce
soir, vous irez en prison.

— Pierre, qu'avez-vous, mon ami ?

— Je ne suis pas votre ami, je suis votre accusateur.

— Mais, je vous jure...

— Ne jurez pas, vous dis-je. Et qui donc aurait commis ce forfait, si ce n'est vous qui su-
bornez les honnêtes filles assez folles pour vous
écouter ? Et qui donc est-ce, si ce n'est vous, qui
avez une famille et qui allez la compromettre
par vos passions honteuses ? Est-ce un honnête
homme qui fait ce que vous faites ? Est-ce un
honnête homme qui se conduit comme vous vous
conduisez ?

— Voyons, Pierre, c'est vrai, j'ai tort, mais
enfin, je n'ai pas fait ce que vous venez de me

dire. Je me suis oublié un instant avec Marie,
mais voilà tout. Vous allez me perdre!

Puis tout à coup M. d'Extrême, se relevant, regarda Pierre de bas en haut.

— Mais vous êtes fou, compère! Et d'ailleurs,
l'on ne vous croira pas. D'abord, Marie niera; je
n'avouerai rien, et vous n'avez pas de témoins.
Allons, assez de comédie; ouvrez cette porte, ou
j'appelle.

— Eh bien, criez, appelez! je ne demande
que ça! Je n'ai pas de témoins, dites-vous; mais
qu'en savez-vous? Si je me suis caché, j'ai bien
pu en faire cacher d'autres. Et puis, ce n'est pas
de Marie qu'il s'agit, c'est de Louise que vous
avez déterrée.

— Je vous dis que vous êtes fou, archi-fou et
bon à lier. Vous venez me parler d'un fait qui,
selon vous, s'est passé l'an dernier, dont personne n'a rien su, fait que vous avez inventé,
et vous croyez me faire peur. Est-ce pour avoir
de l'argent de moi?

— De votre argent?... Ah! pardon, c'est vous
qui êtes fou à votre tour, et plus fou que moi,
si tant est que je l'aie été un seul instant. Mais
le fait que je vous signale est connu d'une autre
personne. Nous sommes deux à le savoir.

— Et de qui, donc?

— Cela pique votre curiosité, je crois? et vous tremblez maintenant.

— Ouvrez cette porte, que je sorte.

— Non, je ne l'ouvrirai pas. Je n'ai pas fini.

— Ouvrez, vous dis-je.

— ... La personne qui porte avec moi le secret de cette aventure, c'est l'abbé Morlat, le croyez-vous fou, lui?

Et il croit que c'est moi?

— Il le croit!

— Pierre! sur mon honneur, ce n'est pas vrai, je vous le jure. Sur quoi voulez-vous que j'en fasse le serment?

— Le juge d'instruction vous le dira, s'il le juge nécessaire. Ah! c'est qu'avec lui on fouillera votre existence jusqu'au moindre de vos actes, on analysera tout dans votre vie et l'on saura quel homme vous êtes!

A ce moment M. d'Extrême se frappa le front.

— J'y suis! s'écria-t-il.

Et un soupir de soulagement dégonfla sa poitrine. Il respira longuement, sourit à Pierre, et lui dit d'un ton dégagé :

— Je sais ce que c'est!

Ce fut au tour de Pierre à croire que M. d'Extrême n'avait plus sa raison.

— Quoi, vous savez ce que c'est?

— C'est une scène préparée par mon fils.

— Comment, par votre fils? Vous n'en avez pas.

— Si, je vais te dire.

Il tutoyait Pierre, qui, stupéfait, ne comprenait plus et faisait des efforts pour se persuader que M. d'Extrême n'avait pas un accès d'aliénation mentale.

— Voilà la chose!... Ah! mais c'est que j'ai eu presque peur... car au fond je sais bien que ce n'est pas vrai!... Et quelle idée que j'irais commettre un sacrilège... C'est égal, la fable était un peu forte... mais tu es si bon, mon brave Pierre, que tu te seras laissé prendre à ses paroles; il t'aura enjolé.

— Il est fou, se dit Pierre, le châtiment de Dieu commence.

— Oui, oui, continua M. d'Extrême, c'est lui qui aura imaginé ce tour.

— Quel tour?

— Tout ce que tu viens de me raconter.

— Mais c'est vrai!

— Assez, n'est-ce pas? Ce n'est pas possible,

je ne puis avouer la liaison que j'ai eue avec Célestine. Tu me promets n'est-ce pas, Pierre, de
n'en rien dire à personne, et je vais tout te raconter... Tu me le jures?

Pierre fit un geste d'assentiment.

— Ta parole me suffit. Pendant que j'étais
étudiant en droit à Paris, je fis la connaissance
d'une jeune fille très gentille, très séduisante,
qui m'aima et que j'aimai aussi. J'en eus un enfant, un fils. Comme je ne voulais pas le reconnaître, elle ne voulut plus me revoir, et je perdis
de vue la mère et l'enfant, lorsqu'il y a quelque
temps, je reçus une lettre dans laquelle un monsieur se disant mon fils — le fils de Célestine, en-
tendons-nous — m'écrivait que, riche depuis la
mort de sa mère et majeur, il lui manquait un
état civil un peu plus régulier que celui qu'il
possédait : je ne vous demande pas d'argent, me
disait-il, je vous demande un nom.

— Au fait, dit Pierre, qui écoutait attentivement, il y avait bien quelques droits, il était
bien votre enfant?

— Oui, je ne dis pas qu'il n'y ait pas des
droits, car je suis sûr de n'avoir pas été trompé
par cette excellente Célestine; mais j'étais marié,
j'avais un autre enfant — ma fille, cette fois-ci

— que j'avais en légitime mariage, et le scandale aurait été grand si tout à coup j'avais avoué et reconnu un grand diable de fils qui me tombait tout poussé sur les bras. Je ne répondis pas à sa lettre. Il m'envoya alors un de ses amis, une espèce de commis-voyageur sans ouvrage, que je renvoyai un peu lestement en lui disant que son ami était malade, que je n'avais pas de fils, et n'en avais jamais eu. Quelque temps après, je reçus une nouvelle lettre dans laquelle celui qui se dit mon fils me menaçait de je ne sais quoi d'une manière quelconque.

M. d'Extrême s'arrêta.

— Et qu'est-ce que ce que vous venez de dire, objecta Pierre, a de rapport avec Louise Desclaux !

— Mais ce que cela a de rapport, c'est qu'il sera venu te trouver, et qu'à vous deux vous avez imaginé la petite fête que voici. C'est tout simple et j'ai deviné. Est-ce vrai?

— Pas du tout. Je n'ai vu personne et vous ne me donnerez pas le change avec votre histoire à dormir debout.

— Mais mon histoire est vraie.

— Alors c'est une charge de plus qui pèse sur vous et votre moralité. Ah! vous êtes bien le seul

homme de la commune qui puisse être l'auteur
de ce dont je vous accuse... Et maintenant nous
pouvons sortir, je sais ce que je voulais
savoir.

— Comment vous convaincre?

— Ce n'est plus moi qu'il faut convaincre Je
suis convaincu.

— De mon innocence?

— Au contraire.

— Eh bien! allons en parler à l'abbé Morlat.
Puisque vous ne me croyez pas, il me croira,
lui.

— Oh! ce n'est pas la peine. Parbleu, s'il
vous croira, l'abbé Morlat, il est si bon! Mais ça
me regarde aussi un peu cette affaire, et je sais
agir quand il le faut.

Il faut bien le dire, M. d'Extrême ne savait où
donner de la tête. Quoique innocent de ce dont
Pierre l'accusait, il sentait bien que si la justice
s'en mêlait, il ne sortirait pas de là sans laisser
quelque peu de sa réputation.

Son expérience des affaires judiciaires lui faisait aussi craindre que si réellement le fait raconté par Pierre était vrai, et que l'on relevât
dans sa conduite des actes un peu contraires à la
morale la plus pure, sa culpabilité possible ne le

fit détenir pendant une instruction assez longue.

Aussi, à force de supplications et de prières, parvint-il à persuader Pierre de faire visite à la cure avant toute nouvelle tentative de la part du fougueux fossoyeur.

Quand l'abbé Morlat apprit, à n'en pas douter, que le secret était divulgué et qu'il y avait un tiers de plus dans cette malheureuse affaire, il en éprouva un chagrin extrême.

— Ah! Pierre, que d'ennuis et de tracas tu nous prépares!

— De quoi! fit celui-ci, vous n'êtes jamais pressé... ce n'est pas comme moi!

— Ce que m'a raconté Pierre est donc l'exacte vérité? demanda, non sans un certain ébahissement, M. d'Extrême, qui ne croyait à rien de positif là-dessus.

— Hélas! murmura le curé.

Le ton de franchise sans aucun mélange avec lequel M. d'Extrême avait fait sa question ébranla un instant les convictions de Pierre. Et c'est avec une arrière-pensée qu'il dit au notaire :

— Vous devez bien le savoir si c'est vrai, puisque c'est vous!

M. d'Extrême haussa les épaules et, s'adressant à l'abbé Morlat, lui demanda :

— Quel est le jour où fut commis le sacrilège?

— Le 9 février, répondirent ensemble l'abbé
Morlat et Pierre.

M. d'Extrême s'abîma un instant dans un calcul qui semblait entièrement absorber ses facultés.

— Etes-vous sûrs que l'auteur du crime soit
toujours dans la commune ?

— Sûrs.

— Alors je vous le nommerai avant peu.

— Vous savez donc qui c'est? exclama Pierre.
Ah! tenez, monsieur le curé, je savais bien qu'il
en était.

Et se retournant vers M. d'Extrême :

— Dites-le tout de suite ou ce soir la gendarmerie sera prévenue, car moi je ne connais que
ce moyen-là. Il est facile, commode, et c'est le
meilleur.

— Vous vous trompez, Pierre, dit M. d'Extrême au fossoyeur, il y a quelque chose de supérieur à la gendarmerie.

— Et quoi donc, s'il vous plaît?

— Le hasard.

— Vous l'avez peut-être dans votre manche,
le hasard. Dites donc le nom tout de suite.

— Je ne le sais pas, mais — rappelez-vous
mes paroles — vous le saurez.

— Et quand ?

— Un de ces dimanches.

Pierre regarda l'abbé Morlat avec un sourire
qui en disait long sur ses intentions.

— Sur ton salut éternel et sur la mémoire de ta
mère, je t'adjure, Pierre, de ne rien faire, de ne
rien tenter contre M. d'Extrême, et au besoin je
te l'ordonne, dit l'abbé Morlat au fossoyeur.

Instinctivement ce dernier baissa la tête, ne
réprimant pourtant que bien faiblement un geste
de protestation.

— Je vous promets que, s'il est ici, nous le
connaîtrons avant peu.

Et sur ces mots M. d'Extrême sortit, laissant
fort perplexes ses deux interlocuteurs.

— Je le saurai !... je le saurai !... murmura
Pierre, voilà onze mois que nous nous disons le
même refrain, et pour changer nous ne savons
rien du tout... Et dire que jamais l'on n'utilise
la gendarmerie : une si belle institution !

— C'est un moyen extrême auquel l'on a
toujours le temps de recourir.

— C'est égal, si ce n'est pas lui, il est de la
bande.

Ce fut l'opinion émise par Pierre, qui pensait à M. d'Extrême, et le regardait décidément comme le coupable.

Au moment de quitter la cure, il prit le curé dans l'embrasure d'une fenêtre et lui dit :

— Il me vient une idée ! si c'est le notaire qui a fait le coup, il se fera peut-être sauter la cervelle pour ne pas passer en jugement. Ma vengeance m'échappe et ça ne fera pas notre affaire : si j'allais prévenir le brigadier ?

— Non, dit simplement l'abbé Morlat.

# XVl

## AMOUR PERDU

Sur ces entrefaites et tandis que trois personnes maintenant au lieu de deux, s'étaient dé-
vouées à trouver le coupable, il se passait, chez
le maire, M. Desclaux, une scène que nous de-
vons rapporter.

M^lle Philomène prit un jour à part M. Desclaux.

— Mon cher monsieur, vous avez été bon
comme on ne l'est pas. A moi, la fille sans
famille, vous m'avez donné une famille ; à moi,
la fille qui n'espérait à rien, vous avez donné le
champ libre à mes rêves. Je viens vous demander un conseil.

Et alors, Philomène raconta au maire son

amour naissant pour Bernard. Elle retraça avec émotion la vie misérable de ce garçon si intelligent et si digne d'une position meilleure Elle s'efforça de faire comprendre à M. Desclaux que pour son propre compte, elle n'aspirait qu'à faire cesser un pareil état de choses.

M. Desclaux, en homme prudent, — et de cette prudence que la vie campagnarde enseigne et fait passer dans les mœurs, — sonda les résolutions de la jeune fille, sans combattre ses désirs, et lui fit la peinture du caractère sauvage de Bernard.

— C'est qu'il est malheureux, monsieur Desclaux !

Il lui parla des difficultés d'un jeune ménage, n'ayant pas assez de ressources pour avoir un certain confortable.

— On y suppléera !

Bref, quand il vit que rien ne ferait changer d'idée à sa fille d'adoption, il termina cet entretien en lui demandant :

— Eh bien ! qu'est-ce que je puis à tout cela ?

— Oh ! si, vous pouvez quelque chose !

— Que faut-il faire ! Allons, parle.

— Mais... je ne sais pas !... le voir peut-être et lui en parler...

Puis, confuse de ce qu'elle venait de dire, elle partit en bondissant comme une petite folle.

M. Desclaux ne put s'empêcher de sourire.

— Toutes les mêmes ! dit-il.

Son front se rembrunit. Il pensa qu'à cette époque, il aurait peut-être reçu des confidences pareilles, venant d'une personne plus chère à son cœur que toutes les Philomène de la terre. Et c'est pensif et soucieux qu'il prit le chemin de l'école primaire.

Quand il arriva, la classe venait de finir : les gamins ramassaient, à la hâte, cahiers, livres et plumes, et se bousculaient pour sortir, avec l'entrain des enfants qui courent à leurs plaisirs.

Après les politesses d'usage, le maire dit à M. Bernard :

— J'ai besoin de vous parler. Et je suis venu vous trouver ici, parce qu'à la maison on aurait pu nous entendre.

Célestin regarda le maire, et lui fit signe de monter dans sa chambre, dans cette pièce où nous l'avons vu se rendre directement un certain jour fatal.

— Et dire, monsieur Bernard, que ma pauvre nièce aurait aujourd'hui presque dix-huit ans... Pauvre fille !

13

Les larmes perlèrent aux cils du maire. Quant
au maître d'école, il était comme pétrifié. Jamais
le maire ne lui avait parlé de Louise, et tout à
coup ce souvenir, dont il voulait se débarrasser,
était évoqué devant lui avec une telle vivacité
que, sans le trouble de M. Desclaux, son émotion aurait certainement été remarquée.

— Mais ce n'est pas de cela qu'il est question ! dit M. Desclaux.

Bernard respira.

— J'ai perdu ma nièce, il me reste une fille
d'adoption, et c'est d'elle que je viens vous
parler... Avez-vous songé à vous marier, monsieur Bernard ?

— Jamais, monsieur le maire.

— Cependant vous n'avez pas l'intention de
rester toujours garçon ?

— Toujours !

— Je vous avoue que cela m'étonne. Peut-
être craignez-vous que votre humeur un peu
sauvage n'effraie une femme ? Si c'est un sentiment de cette nature qui vous retient, dites-le-
moi, je pourrai peut-être arranger les choses.

— Je sais bien, monsieur le maire, que je n'ai
pas un caractère bien gai ; j'avoue même qu'à
certains moments je suis d'une maussaderie rare,

mais ce n'est pas cela qui m'arrête ; c'est une loi
que je me suis faite.

— Je ne vous demande pas de confidences,
monsieur Bernard ; cependant je vais insister
dans votre intérêt et dans celui d'une autre personne. Vous me paraissez une nature dévoyée.
Il y a en vous des éclairs singuliers, et la vie de
ménage serait un adoucissement... Quelle existence est la vôtre ?... Déjà bien retiré dans la campagne que vous habitez, vous vous retirez encore
davantage dans votre intérieur. Si notre société
ne vous plaît pas, au moins retirez-vous à deux.
En un mot, mariez-vous.

Célestin fit de la tête un douloureux mouvement de dénégation, et M. Desclaux continua :

— Ce qui me fait parler ainsi, c'est l'intérêt
que je porte à une enfant qui est presque devenue
ma fille, à cette chère et bonne Philomène qui,
je puis vous le dire, — vous n'êtes pas un fat,
— a tellement d'affection pôur vous que je crains
bien que ce ne soit de l'amour... Vous avez l'air
d'en douter ?... Pourtant cela est. Elle est venue
me trouver aujourd'hui même, j'ai parfaitement
vu ce qu'il en était... Maintenant vous devez
comprendre jusqu'à un certain point qu'il faut

— pour donner confiance à ceux qui vous confient leurs enfants — que vous soyez dans la règle commune, c'est-à-dire marié : j'estime qu'il est raisonnable pour vous de bien réfléchir à ma démarche. Quand voulez-vous me donner une réponse?

— Tout de suite... Je regrette plus que vous ne le pensez les sentiments de Mlle Philomène pour moi, mais je ne saurais les partager. Or, dans ces conditions, il est de mon devoir d'honnête homme de le déclarer : je ne me marierai jamais. Que Mlle Philomène ne pense plus à moi. Il ne lui sera pas difficile d'oublier un pauvre hère qui — vous lui rendrez cette justice — n'a rien fait pour se faire remarquer d'elle.

— C'est votre dernier mot?

— Oui, monsieur le maire.

— Alors considérons ma démarche comme non avenue. Seulement vous comprenez que dorénavant, connaissant les sentiments de Philomène et vos intentions, je ne puis continuer à vous recevoir. Je vous relève de vos fonctions de secrétaire de la mairie.

— Comme vous voudrez.

M. Desclaux, vivement contrarié, sortit de chez le maître d'école.

Quand il fut parti, Bernard s'affaissa sur une chaise.

— Quand donc aurai-je fini de souffrir ! murmura-t-il... Seul ! Ah cette fois je suis bien seul !

Il eut presque un accès de délire. Il se mit à parler tout haut, arpentant la pièce dans laquelle il se trouvait. Il s'en prit à sa mère dans le sein de laquelle il avait été maudit. Il injuria son père qui lui avait refusé la vie. Il parla de Louise, mêlant la recherche de Philomène avec l'amour qu'il avait eu pour l'autre.

C'est au monde entier qu'il voulait faire payer le mal que la société lui avait fait.

Il cassa des vases, il brisa une chaise et ne s'arrêta qu'à la vue de quelques-uns de ses élèves, qui curieusement venaient voir qui faisait un tel tapage.

Le retour de M. Desclaux était vivement attendu à la mairie. Philomène avait l'air de courir bien fort après Fox, le chien de la maison; mais en réalité c'était pour être la première à savoir quelque chose. Elle épiait l'arrivée de Desclaux qu'elle soupçonnait d'être allé voir Bernard. Elle chantait en courant, s'arrêtait sans motif, et couvrait Fox de caresses.

M. Desclaux parut.

Le regard et l'attitude de Philomène disaient
si clairement :

— Hé bien ?

Que M. Desclaux, malgré ses graves préoccupations, eut un triste sourire, et comme s'il craignait qu'elle ne prit cela pour une bonne nouvelle, il baissa la tête.

Instinctivement Philomène en fit autant et
son cœur se serra.

Fox, délaissé, avait beau prodiguer à la jeune
fille ses aboiements les plus joyeux et ses jappe-
ments les plus tendres, Philomène rentra précé-
dant M. Desclaux.

— Viens, petite, lui dit affectueusement le
maire.

Elle suivit.

— Je viens de chez M. Bernard et il m'a dé-
claré qu'il ne se marierait jamais. Mais console-
toi, on te trouvera mieux !

— Ah !...

Ce ah ! ressemblait à un sanglot.

Philomène monta dans sa chambre donner un
libre cours à sa douleur.

C'est que cela fait tant de mal un amour perdu !

# XVII

## UN DIMANCHE A LA CAMPAGNE

En sortant de chez lui, M. d'Extrême, sur lequel reposait désormais toute l'intrigue de cette affaire, se sentant élevé à la hauteur de comédien dans un drame quelconque, eut besoin de prendre conseil de lui-même. Pour aider à ses réflexions, il entra dans un bois décharné par l'hiver, et là il récapitula les divers incidents de cette aventure.

Marie, qui épiait le moment de dire un mot au notaire, eut l'air de venir ramasser quelques branches de bois mort.

— Vous avez trouvé Pierre là-bas? dit-elle en s'approchant de M. d'Extrême.

— Oui, mais ça ne fait rien : il m'a promis de

ne pas parler de nous... Viens à la ferme demain,
et n'aie pas peur.

Ses relations avec Marie ne subissaient aucune
interruption. Rassuré de ce côté, le notaire
tourna ses regards vers l'autre affaire, celle dans
laquelle il avait juré de ne jouer que le rôle de
*Deus ex machinâ.*

Il avait dit :

— Je connaîtrai le coupable un de ces dimanches.

Pourquoi un dimanche plutôt qu'un autre
jour? était la préoccupation de Pierre.

Et pourtant, s'il était vrai que le coupable fût
ignoré de celui qui avait promis de le livrer,
quoi de plus naturel que le choix de ce jour?

C'est le seul jour, à la campagne, où, les travaux cessant, on se réunit à un endroit donné.
Cet endroit n'est autre que le portique de l'église,
à l'heure de la grand'messe.

Il n'est pas un habitant, tant est grande la
force de l'habitude, qui, s'il entre entendre l'office divin, ne vienne à l'entour du monument
chrétien. Les affaires s'y emmanchent, les relations s'y nouent, les contrats s'y font et s'y dé-
font. Pour les enfants, c'est fête ; pour les grandes
personnes, c'est repos. Les jeunes filles préludent

par la prière aux plaisirs de l'après-midi ; les jeunes gens, pommadés, frisés, rasés, lavés, affectent des airs de grands seigneurs, et les vieillards viennent, à ce spectacle, raviver leurs souvenirs.

Le portique devient un cercle. Les ambitieux préparent leur candidature municipale en critiquant les actes des élus, cherchent à maintenir leur autorité en expliquant leurs actes.

Le maire trône, dans la plus large acception du mot. Il est le lion de la commune, le conseiller-né de tous les habitants, le vase d'élection où les électeurs bien pensants viennent chercher le *bon* bulletin.

A ses côtés, le médecin et le notaire sont également entourés. Le paysan cherche une consultation sans avoir à payer une visite au docteur, et, quand il a réussi avec l'homme de l'art, il va à l'homme de loi et s'informe des ventes prochaines, des contrats à passer, des formalités à remplir.

Voilà en gros le dimanche à la campagne, et, en choisissant le dimanche, peut-être que M. d'Extrême suivait la routine, qui lui faisait renvoyer toutes ses affaires à ces assises hebdomadaires.

Or, le dimanche qui suivit son entrevue avec
Pierre et l'abbé Morlat, le notaire assistait à la
première messe, dite des domestiques, à six
heures du matin. Lui, toujours assez recherché
dans sa mise, semblait affecter une tenue moins
soignée.

A la messe suivante, — le même prêtre, dans
les communes dépourvues de vicaire, est souvent
autorisé à officier deux fois, — dénommée messe
du prône, M. d'Extrême assistait à l'entrée des
fidèles, dans le costume que nous avons signalé.

La première chose que lui dit M. Desclaux en
arrivant :

— Où diable avez-vous pêché le chapeau que
vous portez ?

— C'est une fantaisie.

— Vous voulez dire un éteignoir.

En effet, la figure du notaire disparaissait
presque sous les larges ailes et l'ample coiffe d'un
chapeau de feutre noir qui tenait à la fois de la
coiffure de l'ecclésiastique et de l'étudiant parisien.

Content de son mot, le maire n'était pas abordé
par un de ses concitoyens qu'il ne lui montrât
M. d'Extrême, en ajoutant :

— J'ai dit tout à l'heure que notre notaire était
sous un éteignoir ; mais, plus je le regarde, plus

je m'aperçois que son chapeau ressemble à une cloche.

Et les paysans de rire, et les dames de chuchoter des réflexions plus piquantes encore.

Ce chapeau, ce simple chapeau, peut-être un peu bizarre, prenait les proportions d'un événement.

Et cela faisait les affaires du notaire.

Ainsi, à chaque personne qui venait lui rire au nez, M. d'Extrême ne manquait pas, tout en riant, d'essayer le couvre-chef, sujet de tant d'hilarité. Le curé lui-même vint connaître la cause du rassemblement et essayer le chapeau, ce qui ne contribua pas peu à augmenter la popularité que ce feutre venait d'acquérir en si peu de temps.

Presque toute la commune y passa. Cela semblait une gageure.

Pierre, qui épiait les faits et gestes du notaire, n'y comprenait rien ; mais cela amusait tellement tout le monde, qu'il fit comme les autres, c'est-à-dire qu'il rit plus ou moins, suivant les saillies que faisait naître la vue de chaque individu recouvert à son tour par le chapeau du notaire.

Cette plaisanterie alla si loin que, lorsque

quelqu'un n'avait pas passé sous ces fourches
caudines d'un nouveau genre, la galerie criait :

— Le chapeau à celui-ci !

— Le chapeau à celui-là !

Et le chapeau passait de tête en tête.

À ce moment arrivaient les enfants de l'école
primaire, qui se débandèrent un peu pour voir :
l'enfance est curieuse à un point extrême, et le
dimanche il est bien permis d'être curieux plus
que les autres jours.

En voulant rassembler ses élèves, le maître
d'école vint presque jusqu'aux pieds du groupe
principal où circulait le fameux chapeau.

Aperçu par quelques personnes présentes, on
cria pour lui comme pour les autres :

— Le chapeau à M. Bernard ! Le chapeau à
M. Bernard !

Et le groupe s'entr'ouvrant, M. Bernard vit le
notaire qui tenait un chapeau bizarre comme on
tient la couronne d'une rosière.

Il poussa un cri.

— Le chapeau à M. Bernard ! répondirent les
assistants.

— Le chapeau n'est pas à moi, hurla presque
le maître d'école.

— Le chapeau à M. Bernard !

— Non, je vous dis que ce chapeau n'est pas à
moi.

Et les paysans, heureux de cet incident nouveau qui jetait encore plus de gaîté sur l'aventure,
criaient plus fort que jamais :

— Le chapeau à M. Bernard ! le chapeau à
M. Bernard !

En voulant reculer, le maître d'école bouscula
quelques personnes qui, n'ayant pas de raison
pour le tolérer, le poussèrent à son tour. Son
chapeau vola dans la bagarre, et, tandis qu'il se
retournait, le notaire, aux applaudissements de
la foule accourue, — presque tout le village, —
coiffa le rebelle M. Bernard.

Alors, ne se connaissant plus, en proie à une
colère furieuse, Célestin Bernard frappa de toutes
ses forces les personnes les plus à portée de son
poing. Le notaire, le maire, des femmes, des enfants, portèrent les marques de son exaspération.
A son tour, il fut frappé. La plupart des gens
présents se retirèrent un peu en arrière. Profitant d'une éclaircie, Bernard, enfonçant ce chapeau fatal sur ses yeux, se mit à courir tout
droit devant lui et ne s'arrêta que lorsque,
épuisé de fatigue, il fut se frapper contre un
arbre. La violence du choc fut telle, qu'il se re-

jeta en arrière et tomba autant en proie à l'épui-
sement de ses forces qu'à la syncope produite
par sa blessure.

Les paysans qui le poursuivaient le transpor-
tèrent chez lui, où le médecin vint lui donner les
premiers soins.

A son chevet se trouvaient M. d'Extrême, Pierre
et le curé. Le médecin s'étant retiré, le notaire
prit la parole.

— Je vous ai fait signe de venir parce que
voici le coupable que vous cherchiez ; j'ai rempli
ma promesse.

— Comment savez-vous que c'est lui ? interrogea Pierre.

— Je vais vous le dire. A peu près à la date
que vous m'avez donnée comme celle du sacrilège,
au bas de la colline, près d'un peuplier, je
trouvai, en revenant de passer un acte, un chapeau que je ramassai en disant: « Je le donnerai à
quelque fermier. » Là-dessus, la fatalité voulut que
l'on parlât de vols commis dans les communes
environnantes. Je ne jugeai pas prudent de dire
que j'avais trouvé ce chapeau : on n'aurait eu
qu'à rattacher cette trouvaille avec les vols ré-
cents, j'aurais été pris comme témoin ; cela
m'aurait occasionné des dérangements. J'ai mieux

aimé me taire. Je mis ce chapeau au fond d'une vieille armoire, et il y serait encore si Pierre ne m'avait fait une sortie dont je lui en veux, parce que c'était faire injustice à mon caractère bien connu.

Pierre fit un geste qu'on pouvait traduire par : Ça m'est égal !

— C'est alors que je réfléchis à ce chapeau. Vous n'aviez aucune trace, aucune pièce à conviction ; je songeai que peut-être j'avais en main ce qui vous manquait. Plusieurs projets me vinrent à l'esprit. C'est ainsi que je fus conduit à improviser la mascarade de ce matin, où je me suis présenté sur la place avec ce chapeau. Ou réellement il appartenait au criminel que vous cherchez, et dans ce cas l'affaire était finie ; ou il appartenait à quelque autre, et c'était un voleur. Il s'agissait de l'essayer à tout ce monde ; vous savez comment je suis parvenu à mon but : or, le chapeau va bien à ce jeune homme ; il l'a reconnu pour être à lui : sa colère insolite le prouve surabondamment. Ce n'est pas un voleur, c'est votre coupable.

Le blessé fit un mouvement, et de ses lèvres décolorées s'échappèrent ces mots :

— ... Louise !... Mon père !...

— Laissez-moi avec lui, dit l'abbé.

Le notaire et Pierre sortirent.

— Enfin ! nous le tenons ! exclama Pierre sur le seuil de l'école primaire. Et, pour un peu, il se fût livré à quelques écarts d'une joie non dissimulée.

# XVIII

## LE DÉLIRE

L'abbé Morlat tenait à être seul au moment où M. Bernard reprendrait ses sens. Ses deux compagnons avaient déféré à ce désir et s'étaient retirés.

Les premiers mouvements du malade étaient surveillés, et, dès qu'il vit que Célestin allait se réveiller, le curé lui présenta à boire.

En s'éveillant, le maître d'école promena un regard anxieux autour de lui, ce regard de rigueur, que l'on retrouve dans toutes les circonstances analogues, et qui est si naturel dans la vie. L'œil hébété reçoit les images des objets qui l'environnent, mais ne s'explique pas leur présence. C'est ainsi que Célestin regarda le curé et

14

le verre qu'il lui présentait, sans songer à boire comme sans s'inquiéter de la présence d'un étranger assis dans sa chambre au chevet de son lit.

La langue elle-même est inerte : le cerveau ne concevant pas d'idées, elle n'a rien à transmettre à l'extérieur ; le rôle de cet auxiliaire reste inactif.

Pourtant, les besoins reprennent les premiers leur empire.

— J'ai mal à la tête... dit le malade, presque inconscient.

— Buvez, mon fils, cela vous remettra.

— Oui... boire... j'ai bien mal à la tête !

Une seconde fois, le prêtre présenta le breuvage au malade, mais le lui présenta de si près, que les lèvres du blessé furent humectées.

— Souffrez-vous beaucoup ?

— La tête... C'est que j'ai fait un bien mauvais rêve.

— Alors, reposez-vous et ne parlez pas.

— ... Oui... on voulait me l'arracher...

Célestin ferma les yeux.

— Il va dormir, pensa le prêtre, qui ouvrit son bréviaire et pria.

Quelque temps après, il entendit comme des

paroles inarticulées. Célestin, qui semblait dormir, s'éveilla. Le regard était vague, et les narines gonflées s'agitaient comme mues par un tremblement nerveux.

Le curé s'approcha.

Cette fois, le maître d'école reconnut l'ecclésiastique.

— Vous?... encore vous?... vous ne l'aurez pas !

Il se leva sur son séant.

— Vous la cherchez, n'est-ce pas?... Vous aussi, vous me poursuivez? Eh bien, venez la prendre, car elle est ici. C'est elle qui m'a soigné, qui m'a veillé. Oui, je l'ai arrachée à la terre où vous l'aviez cachée ! Oui, je l'ai... mais où est-elle? Elle a quitté sa chaise ! C'est vous qui l'avez fait fuir. Sortez d'ici !... sortez !...

Célestin s'évanouit. La fatigue avait affaibli le malade, dont la fureur était tombée avec les forces. Mais ce n'était qu'une trêve de courte durée.

— Tout le monde est ameuté contre moi. Je ne puis faire un pas sans rencontrer des ennemis. Tous les chemins sont barrés, toutes les routes me sont fermées. On dit que je suis triste... non, je ne suis pas triste ; je suis dégoûté de la nature

humaine, où l'on ne rencontre que des pères
dénaturés ou des enfants malheureux. Mais
notre tour viendra et nous serons heureux, nous
aussi...

— Priez, mon enfant, au lieu de maudire.
Dieu ne vient en aide qu'à ceux qui l'im-
plorent.

— Ah! c'est vous, monsieur Morlat? J'en suis
bien aise. Vous allez voir que tout va changer. On
vous a dit qu'*elle* ne m'aimait pas?... on vous a
trompé; nous nous adorons... Les autres, quand
ils se marient, vont chercher leur fiancée chez
ses parents; moi, c'est différemment que je pro-
cède : comme je savais qu'on ne me la donne-
rait pas, je l'ai tuée; puis, dans la nuit, quand il
neigeait, je suis allé la retirer de la terre et je
lui ai remis l'anneau des fiançailles... Attendez
donc, je me souviens; mais c'est vous qui êtes
venu nous séparer. Malheur à vous, misérable!...

— Calmez-vous.

— Me calmer?... Et pourquoi? Je ne crains
personne.

— Vous êtes déjà malade, et votre mal va em-
pirer.

— ... Où est Louise?... où est-elle?... On l'a
encore arrachée de mes bras? Ah! cette fois ce

n'est que de ma main que vous mourrez !... une
arme, que je le tue !...

.Et faisant un brusque mouvement, Célestin
tomba à bas de son lit ; le bandage qui lui main-
tenait la plaie qu'il avait à la tête se défit, le
sang se mit à couler. Avec un courage surhu-
main, l'abbé Morlat releva le malade, le replaça
comme il était auparavant et remit le bandage
avec le plus grand soin.

Le délire ne quittait pas encore sa victime ;
car à peine dans une position meilleure, Célestin
recommença ses injures mêlées de révélations qui
donnaient au curé l'assurance que désormais le
véritable auteur du sacrilège était connu.

— Pauvre enfant ! murmura l'abbé.

— Louise... continua Célestin !... Louise ! ré-
ponds-moi. Tu as bien tardé à venir aujour-
d'hui... T'ai-je fait de la peine ?... t'ai-je déplu
en quelque chose ?... Réponds, ma bien-aimée...
Il fait bien froid, ce mois-ci, et chez toi on ne
voit plus de ces beaux rayons de soleil !... Pauvre Louise !... tu ne me réponds pas... Ah! malheureux que je suis, voilà que tu m'abandonnes
à ton tour. Suis-je assez éprouvé !... C'est décidé,
il faut mourir ! Ce soir tu seras libre, Louise ;
Célestin aura vécu... Adieu !

La fatigue était la plus forte, Célestin s'endormit.

L'abbé Morlat, pénétré d'une profonde douleur, pleurait sur le sort de Célestin, et puisait dans son ardente charité des trésors de prières pour le malheureux qui délirait devant lui.

Il ne savait pas lui, l'homme des jeûnes et des mortifications, qu'il est des amours terrestres qui font oublier Dieu; il ne savait pas que l'humaine nature ne se rapprochera jamais de l'éternelle vérité tant qu'elle aura à lutter contre les passions que le créateur mit comme une digue à l'intelligence de l'homme.

Il est un fait que nous avons souvent constaté dans le courant de cet ouvrage, c'est la loi des réactions; une fois de plus nous aurons à le faire.

Mais, auparavant, nous mentionnerons les allées et venues de Pierre à l'entour de la demeure du maître d'école.

Le curé ayant fait dire à sa servante de lui porter à dîner parce qu'il ne voulait pas quitter le malade, Pierre en profita pour monter trouver l'abbé Morlat.

— Quoi de neuf, monsieur le curé?

— Rien, mon ami.

— Il n'a pas parlé ?

— Pas encore. Sa blessure doit être bien grave !

— Si vous voulez vous reposer, je veillerai bien, moi.

— Non, je te remercie.

L'abbé avait menti ; mais il redoutait tant le tricorne de la gendarmerie dont Pierre ponctuait chacune de ses phrases qu'il préférait altérer la vérité.

Il est d'honnêtes mensonges, et l'abbé Morlat était persuadé que celui-là était du nombre.

Pierre retourna se mettre aux aguets.

— Le curé va nous jouer quelque tour de sa façon, pensa-t-il. Je vais aller voir le notaire et faire un tour chez le brigadier de gendarmerie : on ne sait pas ce qui peut arriver.

La nuit se passa bien pour le malade ; ce ne fut que le lendemain matin qu'il recouvra l'usage de ses facultés intellectuelles altérées momenta-nément, autant par l'émotion de la journée du dimanche que par la blessure qu'il s'était faite au front.

Son étonnement en reconnaissant le curé fut grand, il porta les mains à son front et fut encore plus surpris.

— Qu'est-il arrivé ?

— Mon fils, des choses fort graves, lui répondit le curé, à propos d'un chapeau...

Célestin comprit; la scène se représenta à son imagination.

—... A propos d'un chapeau qu'on a voulu vous mettre sur la tête, vous vous êtes emporté ; vous avez frappé les personnes qui étaient près de vous, et dans votre course, pour échapper à leurs représailles, vous vous êtes heurté contre un arbre ; de là votre blessure.

— J'ai eu la fièvre, n'est-ce pas ? et le délire m'a pris.

— Oui, mon fils.

— Alors... vous savez la cause de tout ceci ?

— Presque.

— Disposez donc de moi, mon père ; que je serve d'exemple. La vengeance divine me frappe, je ne résisterai pas.

— La seule chose que j'ignore encore et que vous me direz, c'est comment il se fait que ce chapeau ait produit sur vous une pareille impression.

— Ce chapeau est celui que je portais... le jour que vous savez.

— Pourquoi n'êtes-vous pas venu à moi vous

accuser de votre crime, nous aurions avisé au moyen de le réparer!

— On espère toujours échapper à la justice.

— Aujourd'hui, le mal est irréparable.

— D'autres le savent donc?

— Hélas! oui.

Le débordement de la douleur de Célestin fut effrayant à voir.

— Pierre et M. d'Extrême en sont informés, dit l'abbé. C'est même M. d'Extrême qui est la cause de votre découverte.

— M. d'Extrême!

— Oui.

— Je suis consolé. Quoi qu'il arrive, et quelque rigoureuse que soit jamais la justice des hommes ou même celle de Dieu, je la brave.

L'attitude du maître d'école avait changé. Il était calme, froid, impassible.

— Et en quoi cela vous fait-il parler ainsi?

— C'est mon secret.

Cet incident jeta de nouveau l'abbé Morlat dans une foule de perplexités. Cette idée et la résolution de Célestin de ne rien dire à ce sujet lui inspira une ligne de conduite un peu différente de celle qu'il se proposait de tenir tout d'abord.

— Puisque vous m'avez dit de disposer de vous, je vais vous ordonner plusieurs choses; mais auparavant, jurez-moi sur ce que vous avez de plus sacré de ne pas attenter à votre vie.

— Et sur quoi voulez-vous que je vous le jure ? Rien ne me rattache ici-bas, et je doute de Dieu.

— Sur votre mère.

— Elle n'est pas sacrée pour moi.

— Que dites-vous ?... sur votre père, alors.

— Je suis bâtard.

— Oh ! mais vous étiez maudit dès le berceau !

— Oui, mon père ; aussi vous serez forcé d'accepter simplement ma parole que je ne ferai rien de ce que vous craignez.

— J'accepte cette assurance. Maintenant, feignez un profond sommeil, quoi qu'il arrive, quoi qu'il advienne.

— Disposez de moi, vous ai-je dit, et dès cet instant je ne m'appartiens plus ; mais je vous demanderai, avant de me condamner, comme avant de m'absoudre, de me connaître mieux. Dans cette armoire, vous trouverez une cassette ; la clef est dessus ; elle contient quelques feuillets : prenez-les et lisez les c'est toute ma vie.

L'abbé, suivant les indications de Célestin, prit

ces papiers et sortit après de nouvelles recommandations faites à Célestin, désormais sans volonté et remis entre les mains de la destinée.

L'abbé Morlat courut s'enfermer à la cure, afin de se plonger dans un recueillement où il devait décider du sort du maître d'école.

# XIX

## LE TESTAMENT D'UN DÉSHÉRITÉ

— Avant de me condamner comme avant de m'absoudre, il faut que vous sachiez qui vous avez devant vous. Lisez ces quelques feuillets, avait dit Célestin; — mais il aurait pu ajouter : Je les ai souvent déchirés, mais pour les réécrire le lendemain, éprouvant comme un furieux plaisir à retourner dans ma plaie le poignard de mon infortune, — et apprenez comment Dieu, le hasard ou la fatalité, ont, jusqu'à ce jour, disposé de ma personne.

Ces quelques pages les voici :

« Dans sa religion, le Christ a-t-il dit le dernier mot de la loi d'amour?

» Dans ses dogmes et dans ses préceptes, ne

trouve-t-on pas à la pratique de la vie des impos-
sibilités et des exceptions ?

» Si dans sa toute-puissance Dieu nous a donné
au monde sachant à l'avance que nous y serions
méconnus, sachant que notre vie serait misérable et dédaignée, pourquoi nous placer sur la
terre, victime désignée, vouée d'avance au malheur et à la souffrance ?

» Je sais que ces questions sont impies et que
je semble m'insurger contre la toute-puissance
céleste, mais ma vie est si triste qu'il est bien
permis à la créature éprouvée de tourner un regard de douloureux reproche vers le Créateur !

» Je suis né en dehors des règles sociales et
religieuses. Mon père, dans un pays de chrétiens
et de citoyens, pratiqua les lois naturelles en vigueur chez les sauvages, soumettant l'homme à
ses passions et la femme à ses désirs. Dans cet
état, on m'a imprimé sur le front, dès mon jeune
âge, le qualificatif de BATARD.

» Pour comble de malheur, ma mère ne puisa
pas dans la faute d'un premier écart la force
d'en éviter la longue suite qui fait la femme ga-
lante.

» Puis, j'ai aimé !

» J'ai aimé une jeune fille pure et chaste dont

l'entourage rappelait les belles légendes de la Bretagne. C'était mieux que la virginité des sens, c'était l'innocence dans ce qu'elle a de plus exubérant, de plus franc, de plus saint.

» O Louise! sur ce papier où je me jette entier, que pour la première fois je te dise l'étendue de mon amour!

» Tu fus mon seul amour et presque ma seule religion.

» Ta présence enchantait tout mon être. A ta vue, le monde réel cessait d'exister pour moi; tu allais et venais devant moi, et comme dans ces visions qui vous font aimer le lourd sommeil des rêves fous, je te voyais, je te suivais, je t'adorais.

» Ah! Louise, quand la mort ignoble et froide vint s'emparer de ton corps et rendre ton âme aux mondes inconnus, je perdis la tête.

» Mais ma folie était douce, car tu m'étais rendue dans ces moments d'extase; je te voyais près de moi, à mes côtés, et je disais : — Elle viendra me voir tous les jours! et je l'aimerai tant qu'elle reviendra encore la nuit pour veiller sur mon sommeil, écarter de moi le souvenir des vivants qui m'abreuve de dégoût.

» Combien dura cette extase? — Je suis à l'ignorer encore! — Mais quand je revins à la

vie réelle, ce furent des chants d'église qui frap-
pèrent mes oreilles ; l'on tintait tristement dans
la demeure du Dieu chrétien.

» Poussé par une volonté supérieure, je sors
de ma chambre et vais du côté de l'église. On y
priait en foule : on y enterrait une vierge chré-
tienne... c'était le convoi de ma bien-aimée
Louise.

» Je suivis le cortège, me demandant si, au
delà de la vie, on se retrouvait. A ce moment, si
j'eusse eu la foi, je me serais suicidé. Ce fut donc
mon incroyance qui me sauva d'un crime : le mal
empêche le mal.

» Et puis je voulais attendre ; il n'était pas
possible que je ne revisse plus Louise !

» La fosse ouverte, on y descendit le cercueil ;
c'est alors que Satan, qu'un suppôt des sombres
enfers, vint murmurer à mon oreille des conseils
épouvantables. Trois fois je reculai d'horreur,
trois fois je m'arrêtai à ces pensées avec
bonheur.

. . . . . . . . . . . . . .

. . . . . . . . . . . . . .

. . . . . . . . . . . . . .

. . . . . . . . . . . . . .

» ... J'avais succombé !

» C'est surtout depuis ce jour que je la revois partout et toujours ; c'est depuis ce moment-là que mon esprit, qui croit la voir, pousse mon corps à la recherche palpable de cette vision — certainement idéale.

» Mon malheur est immense, mais je le préfère cent fois au malheur plus irréparable encore de ne pas souffrir mon amour !

» Toute ma vie n'est pas esquissée dans les lignes précédentes. Mon père m'a renié. J'ai rencontré un amour vrai, sincère, naïf, et, — malheureux jusqu'au bout, — ma destinée a voulu que je dusse passer devant sans pouvoir m'y arrêter.

» Philomène !

» Ce nom dit toute ma vie brisée, au début de sa carrière ; il dit tout un poème arrêté à ses premiers chants. C'est plus que la rose fanée dès le bouton, c'est l'arbuste tout entier privé de sa sève vitale qui s'éteint tristement étiolé sans une fleur éclose, sans un bouton formé au bout de ses maigres rameaux chargés de feuilles jaunissantes.

» Malheureux moi-même, je n'ai semé que malheurs, et jusqu'au bout de ma vie je descendrai de degré en degré à l'épaisse nuit du tombeau.

15

» N'importe! puisque ceci est mon testament et qu'il dira ma vie au moins à l'homme qui solennellement le décachètera, qu'il sache, ce confesseur civil, que je laisse ma fortune aux pauvres, mon corps à la terre, mon âme à mon amour et la responsabilité de tous les actes de ma vie au père inconnu qui a fait la honte de ma mère et le malheur de son fils...

» CÉLESTIN BERNARD. »

## XX

### LA CONFESSION

A la suite de cette lecture, l'abbé Morlat résolut de sauver Bernard, de ramener à de meilleurs sentiments une nature si tourmentée.

Le danger, — dans sa détermination, — ne venait point du côté de Bernard, mais de celui de Pierre et de M. d'Extrême. Evidemment, ces deux personnes n'avaient aucun intérêt à ménager le maître d'école, au contraire.

L'abbé Morlat écrivit à l'un de ses amis, directeur d'une maison de refuge, lui demandant une place pour Bernard, et il revint près du malade, auquel, après la forte secousse qu'il avait reçue, revenaient quelques forces.

En vain Pierre et M. d'Extrême voulurent-ils pénétrer près du malade, le curé s'y opposa formellement.

Ceux-ci résolurent d'agir à leur tour et en dehors du curé.

Pierre alla trouver le brigadier de gendarmerie, et, lui annonçant une bonne prise, le conduisit dans sa maisonnette, où il disposa ce qu'il fallait pour lui faire passer la nuit.

Dans le cas où l'abbé Morlat voudrait profiter de l'obscurité pour conduire Bernard en un lieu d'où il serait hors de portée des agissements de Pierre et de M. d'Extrême, l'autorité interviendrait.

La nuit s'avançait. M. d'Extrême rejoignit Pierre et se trouva en présence du gendarme.

— Que venez-vous chercher ici? lui demanda-t-il.

— Je suis venu voir M. Pierre, répondit l'homme des poursuites judiciaires.

— Vous pouvez lui dire ce que nous allons faire, brigadier, interrompit Pierre, c'est à nous deux que nous avons fait la prise.

— Moi? exclama M. d'Extrême, qui redoutait déjà d'être compris dans cette affaire.

— Oui, vous! Est-ce que vous allez nier main-

tenant devant le brigadier de la gendarmerie
départementale ?

Pierre ponctua la dernière partie de sa phrase.

— Devant le brigadier... non ! Mais je ne
voudrais pas que mon nom parût dans tout
ceci.

— Il faudra pourtant qu'il y paraisse, monsieur
le notaire !

— Mais j'ai des raisons de famille...

— Des raisons de famille ?... et lesquelles raisons ?... et laquelle famille ?...

— Pierre, vous êtes fou !

— Parce que je dis la vérité. Est-ce que j'ai
des ménagements à garder avec vous, après
tout ? Quand tout ceci sera terminé, vous rede-
viendrez le notaire ; et moi : le croquemort.

Le brigadier était visiblement gêné. Pierre, au
contraire, rayonnait. « La gendarmerie allait
enfin se mêler de l'affaire ! »

A la nuit close, il sortit, laissant M. d'Extrême
et le brigadier chez lui.

— Je viendrai vous avertir s'il se passe du nouveau.

Arrivé devant la cure, Pierre sauta par-dessus
la haie qui fermait le jardin, et put ainsi approcher, sans déceler sa présence, du presbytère où

se trouvait la chambre dans laquelle le curé avait fait transporter Célestin Bernard.

Pierre monta après un arbre et alla coller son oreille à la fenêtre de cette chambre. D'abord, il ne distingua qu'imparfaitement un bruit de paroles ; peu à peu, les bourdonnements devinrent moins confus, les syllabes se détachèrent, et Pierre put saisir quelques mots.

Mais les silences qui suivaient chaque phrase le désespéraient. Cependant, quand la conversation reprit entre les deux interlocuteurs, il s'aperçut qu'il n'en perdait plus un mot.

— Que voulez-vous faire, maintenant, mon fils ? disait le curé à Bernard.

— Le sais-je ? répondait ce dernier.

— Voudriez-vous vous consacrer à Dieu ?

— Je préférerais mourir.

— Vous ne pouvez pas faire cela.

— Ne suis-je pas mort depuis longtemps ?

— Écoutez-moi et si vous m'accordez quelque confiance, suivez mes conseils. — A plusieurs lieues d'ici est une maison de repentance dirigée par un de mes amis. C'est un homme du monde, ancien élève de l'École Polytechnique, qui s'est dévoué à ramener les grands égarés de la terre. Nous irons le trouver et vous verrez que, pour

qui veut revenir au bien, le chemin est doux et la
consolation grande. De cette façon, vous éviterez
les tracasseries de Pierre, car lui seul est à
craindre : d'un mot M. d'Extrême sera muet;
par conséquent tout s'arrange, vous recommen-
cerez une vie nouvelle, et qui sait si plus tard il
ne vous sera pas donné de jouir d'un de ces
bonheurs que la créature tient du Créateur, et
qui, le rattachant à lui, lui font aimer sa divi-
nité !

Bernard hocha douloureusement la tête.

— Ne vous laissez pas aller à l'incrédulité.
Nous irons tout à l'heure à l'église. Et après, ma
carriole vous mènera loin d'ici.

— Pas encore, pensa Pierre qui descendit
précipitamment de son arbre, ressauta par-
dessus la haie et revint chez lui en courant.

Une chose le tracassait et le préoccupait dans
tout ce qu'il venait d'entendre : — *d'un mot
M. d'Extrême sera muet !*... Pourquoi ?

— Encore quelque vilaine affaire dans laquelle
cet homme se trouve mêlé, dit-il; mais allons au
plus pressé !

Il était onze heures du soir.

# XXI

## L'ANNIVERSAIRE

En même temps que Pierre arrivait chez lui et prévenait le gendarme et le notaire que la prise qu'il chassait depuis un an allait lui échapper, l'abbé Morlat, tenant Bernard Célestin par le bras, le menait à l'église du village.

Ce fut un long calvaire à monter! Bernard souffrait plus moralement que physiquement. Il se traînait faiblement, et son cerveau surexcité lui représentait des images qui étaient une douleur pour le pauvre être.

— Comme Dieu est injuste! pensait Bernard, en se rendant à l'autel du Christ. Que lui ai-je fait pour qu'il m'éprouve ainsi? Me voilà réduit à l'état le plus misérable qu'il soit au monde : coupable! écrasé par la honte autant que par mes remords, et tout cela parce qu'un jour une force contre laquelle je ne pouvais rien est venue me faire dévier sur une pente fatale... Je ne suis pas plus méchant qu'un autre, et pourtant je sens que je n'ai pas la vertu qu'ils ont. Je ne voudrais pas faire de mal à qui que ce soit, et cependant tout le monde m'en a fait... Oh! si j'étais riche!... riche... riche... si j'étais né le fils d'un roi au lieu de naître celui d'un inconnu, loin d'être ici et dans cette position, je serais entouré de flatteurs, et mes crimes, si j'en commettais, ne trouveraient que des complaisants!... Comme la vie est peu de chose et comme le hasard fait tout!

Un mouvement instinctif fit arrêter Bernard. Il regarda à droite et à gauche et continua sa marche.

— Vous souffrez davantage?

— Non, monsieur le curé, répondit Bernard, mais j'avais cru entendre une voix qui m'appelait, et dans ce fourré il m'avait semblé voir passer une ombre.

Si l'obscurité eût été moins grande, l'abbé Morlat eût pu voir ce qui se passait sur la figure de Bernard. Ce garçon, si abattu tout à l'heure,

semblait avoir repris ses forces intellectuelles ;
ses yeux brillaient comme des escarboucles et la
fièvre envahissait son être.

— Nous approchons d'elle ? — demanda Bernard d'une voix où, comme un soupir d'amour,
s'exhalait une interrogation anxieuse.

— Oui, mon ami, nous approchons de l'église.

— Ce n'est pas de l'église que je parle, mais
d'Elle, de Louise. Tenez, quand je fais ce chemin,
le cœur me bat, et il me semble que je vais lui
parler. C'est, pourtant, il y a un an à cette
époque-ci, que je la vis pour la dernière fois...
en grattant la terre de mes mains. Ah ! j'étais
bien coupable, mais j'étais si heureux !... Il y a
des choses que je suis seul à comprendre et
Louise est une de ces choses-là... Monsieur le
curé... quand vous parlez latin le dimanche dans
vos sermons, croyez-vous que vos paysans les
plus dévots y comprennent quelque chose ? — Et
pourtant ce latin parle si bien à votre âme, que
vous en prononcez les syllabes avec une bien
plus grande onction que les syllabes françaises.
Eh bien ! quand je parle de Louise vous ne comprenez pas ce sentiment, parce qu'il est plus
mystique que le sentiment ordinaire aux hommes.
On parle de spiritisme ! mais qu'est-ce que cette

évocation puérile qui se sert des pieds d'une table pour correspondre avec vous, ou de la main du premier enfiévré venu ? qu'est-ce que cette manifestation puérile auprès de la communion qui relie deux âmes !...

— Bernard, vous ne savez plus ce que vous dites.

— Comment, je ne sais plus ce que je dis ? Jamais je n'ai plus joui de toutes mes facultés, et je vous dois beaucoup de m'avoir mené ici. A cette heure, je trouve des rêveries que j'aime et qui me rapprochent de l'idéal. — Comment, je ne sais pas ce que je dis ? Mais questionnez, interrogez et vous verrez bien que rien ne trouble mon esprit.

— Je n'ai plus rien à vous demander. Vous m'avez tout avoué, mais enfin vous avez reçu une grande secousse et je crains vos surexcitations.

L'abbé Morlat, en finissant ces paroles, vint pour prendre Bernard et l'entraîner hors d'un lieu qui, loin de l'exciter au repentir, ravivait des souvenirs qu'il valait mieux étouffer.

— Partons, dit-il.

— Déjà !... quand elle allait venir... Eh bien, non ! adieu !

Et Bernard tomba dans l'allée du cimetière, épuisé de fatigue et d'émotion.

Le curé, déjà fort éprouvé par des tracas et des transes de tous les instants depuis tantôt un an, était à bout de force et de patience. Au moment où il se baissait pour relever Bernard, il aperçut des gens qui entraient dans le cimetière, et il reconnut l'organe de Pierre, qui marchait le premier, disant à mi-voix :

— Nous arrivons à temps !... Ils ne sont pas encore partis !

— Cet homme est un démon ! exclama le curé en se redressant de toute sa taille.

Aussitôt Pierre, l'apercevant, de crier à ses acolytes :

— Par ici ! par ici !

Et s'adressant ironiquement au curé :

— Ah ! mon bon monsieur le curé, que vous nous avez donné de l'inquiétude, au brigadier de la gendarmerie ainsi qu'à moi et aussi à M. d'Extrême ! Quand nous sommes arrivés à la cure et que nous n'y avons trouvé personne, j'ai dit tout de suite à ces messieurs : « Tiens, je parie que le prisonnier se sera envolé, et que, pour ne pas le perdre, M. le curé n'ayant pas eu le temps de nous prévenir, se sera mis après lui ; nous allons aller à sa rencontre pour lui offrir notre secours. Je vois que nous avons bien commencé nos recherches, puisqu'au premier coin nous vous trouvons.

Pierre avait débité cette tirade tout d'une traite et sans respirer. On voyait qu'il avait combiné son histoire et qu'il la racontait bien vite pour mettre ses deux suivants à l'aise.

L'abbé Morlat ne prit pas le change, mais il eut l'air d'abonder dans la fable inventée par Pierre, qui d'ailleurs au fond pouvait paraître vraie.

Pierre, inquiet de voir que le curé ne le recevait pas, était revenu plus tard à la cure, n'avait trouvé personne, et, craignant une fuite, s'était mis à leur recherche.

— Et maintenant, nous allons arrêter le jeune homme, n'est-ce pas, monsieur le curé, dit Pierre, qui était enfin arrivé au terme de ses désirs : trouver le coupable et le faire prendre par un gendarme.

— Nous avons ici le brigadier de la gendarmerie et...

— Et qui veut-on arrêter ? dit Bernard, qui se mit sur son séant, comme un homme moelleusement couché sur un bon lit.

— Vous!... dit Pierre.

— Et pourquoi moi, et non pas un autre ?

Le ton de candeur et de simplicité douce de Bernard surprit tout le monde. Seul, Pierre en éprouva de la colère.

— Parce que l'on arrête les gens qui vont dans les cimetières déterrer les morts. Je les enterre, moi, Pierre, le fossoyeur, et ce n'est pas pour qu'après le maître d'école ou un autre vienne les sortir de leur bière. Pourquoi l'on vous arrête ? Je vous trouve plaisant, vous, par exemple! Parce que le sacrilège est puni par la loi, et que je ne sais pas si vous n'avez pas fait ailleurs le métier de voler la défroque des morts.

Bernard bondit. Il porta les mains à sa tête, poussa un cri féroce, un cri de hyène :

— Je suis maudit, s'écria-t-il, je suis maudit ! Oui, j'ai fait tout cela, arrêtez-moi, emprisonnez-moi, tuez-moi, mais... mais... mais...

Le sang étouffait Bernard. On voulut s'approcher de lui, il repoussa Pierre et le curé. On crut qu'il voulait se sauver, s'échapper. D'un saut, M. d'Extrême et le brigadier se trouvèrent à ses côtés pour empêcher sa fuite.

Ce ne fut qu'à ce moment que Bernard reconnut M. d'Extrême.

— Vous!... dit-il, vous, pour m'arrêter! Ah!
mon Dieu, voilà le dernier coup!

Puis il poussa un grand et large éclat de rire.

Ce rire, qui éclata strident et sonore au milieu
d'un cimetière, la nuit, par un temps glacial,
produisit sur les quatre spectateurs de ce drame
une impression que rien ne peut reproduire.

Ils se regardèrent.

Bernard riait plus que jamais d'un rire nerveux et saccadé.

Le curé se signa, Pierre réfléchissait; M. d'Extrême, inquiet et très inquiet, promenait des regards hébétés sur Bernard qui riait, comme pour
demander des explications; seul, le brigadier
rappela tout le monde au sentiment de la situation, en disant, — c'étaient les premières paroles
qu'il prononçait :

— Est-ce que nous allons coucher ici et rire
tout le temps à la belle étoile? Pourquoi riez-
vous, monsieur Bernard?

Le rire de Bernard cessa. Il s'approcha de
l'oreille du brigadier et lui dit tout bas :

— C'est mon père.

— Quoi? fit Pierre.

— Il dit que M. d'Extrême est son père, dit le
brigadier en haussant les épaules et du ton d'un

homme qui répète un propos tellement oiseux qu'il ne faut pas y ajouter créance.

— Oui, c'est mon *papa*, continua Bernard qui se mit à faire l'enfant. Et même qu'il n'a pas voulu épouser *maman*. Oui, oui, quand il était à Paris, papa a trompé maman, et plus tard, quand maman a été morte, je suis venu lui demander de me recevoir, il m'a fait dire que j'étais fou et qu'il n'était pas mon père. Mais c'est un bon père, vous le voyez bien, puisque aujourd'hui que je vais me marier, il vient à mon enterrement... non, je veux dire à mon mariage... Allons, en avant les violons !...

— Mais le malheureux est fou ! s'écria l'abbé Morlat.

— Pas peut-être tout à fait, murmura Pierre, qui jeta sur M. d'Extrême un regard inexprimable.

— ... Dans tous les cas, continua Pierre, nous ne nous pouvons pas rester ici plus longtemps ; menons-le chez moi, nous verrons ce qu'il y aura à faire ensuite.

Le brigadier et Pierre prirent chacun sous un bras le malheureux insensé, et ils le firent marcher ainsi. Derrière eux venaient le curé et le notaire. Ce dernier voulut dire à l'abbé Morlat :

— Vous savez que je ne sais ce que veut dire ce fou.

— Moi, je le sais, dit le curé en l'interrompant. Avant que votre apparition eût complètement jeté le trouble dans le cerveau malade de cette pauvre victime, il m'avait déjà raconté son histoire ; mieux que cela, il m'avait montré les preuves de ce qu'il avançait... Vous êtes son père et vous le savez bien ; mais ce sont là des secrets de famille qui ne me regardent en rien.

— Papa !... papa !... où me mène-t-on ? gémissait Bernard.

Personne ne lui répondait. Alors, il riait et recommençait à crier : Papa !... papa !...

Rien n'était aussi désolant que cette scène. L'abbé Morlat pleurait à chaudes larmes, le notaire cherchait des arguments pour réfuter cette paternité dont il craignait qu'on ébruitât l'existence. Quant à Pierre, une seule pensée le préoccupait :

Que faire d'un fou ?

Arrivé à quelques pas de la maison de Pierre, au milieu d'un éclat de rire convulsif, Bernard s'évanouit. Tous se mirent à le porter. Peu de distance restait encore à parcourir pour entrer

chez le fossoyeur, qui fit mettre le malade sur
son lit.

On avait passé la soirée dans la maisonnette ;
il y avait eu du feu tout le temps, on n'eut
que la peine de rapprocher quelques tisons et le
feu flamba clair et joyeux.

Soigné, Bernard ne tarda pas à reprendre ses
sens ; mais quand il rouvrit les yeux ce n'était
plus le même visage qu'on avait connu jusqu'alors au pauvre maître d'école.

Une pâleur mortelle couvrait ses traits, et les
clartés du foyer qui venaient éclairer sa figure
lui donnaient des transparences de cire ; ses
yeux encavés ressortaient noirs sur cet ensemble
blanc ; ses cheveux, rejetés en arrière, décou-
vraient un large front marqué d'une intelligence
vive et élevée ; il était transfiguré ; ce n'était plus
le magister crasseux, le maître d'école grimé,
c'était Célestin Bernard avant la mort de sa
mère.

Il ouvrit la bouche, et ce phénomène bizarre
des gens qui vont mourir se manifesta : de clair,
le timbre de sa voix était devenu creux et sonore.

On voyait qu'il se recueillait, et nul d'entre les
assistants n'osa rompre le silence. Au pied du lit
le curé priait.

— Priez pour moi, mon père, dit solennellement Bernard, priez aussi pour ceux qui, plus coupables que moi, m'ont réduit en l'état où je suis.

Et comme M. d'Extrême fit un mouvement pour parler, Bernard, réunissant ses forces, se souleva à demi, et étendant son bras dans la direction du notaire, il continua :

— Priez pour ceux qui n'ont ni cœur ni entrailles. Je sens que je vais mourir, et je vois arriver ce moment avec une ineffable joie ; quelle que soit ma destinée future, je ne la redoute pas. Si tout finit avec l'homme, tant pis ; car vous, M. d'Extrême, vous savez que vous êtes mon père, tous mes malheurs viennent de vous, et je vous souhaite tout le mal qui m'arrive. Quant à moi, ma dernière pensée ne peut être pour personne ici-bas, et je vais...

Bernard retomba sur son lit... On entendit un léger grincement de dents, et quand on approcha un miroir des lèvres du malade, la glace n'en fut point ternie.

Célestin Bernard avait vécu !

— C'est pourtant votre faute, messieurs, dit le curé, quand on fut certain de la mort du maître d'école.

— Comment, notre faute ? dit Pierre.

— Si vous m'aviez laissé faire, tout pouvait se réparer. Je conduisais Bernard chez un de mes amis, directeur d'une maison de refuge, et je le sauvais. Par votre arrivée, vous avez déterminé la folie qui couvait dans cette nature si éprouvée, et la folie le faisait échapper à la gendarmerie comme aux lois ; un fou n'est pas poursuivi, il est enfermé ; maintenant, Bernard est mort.

— C'est un criminel de moins, dit sentencieusement le notaire.

Pierre se retourna sur M. d'Extrême, qui venait de parler ainsi, alla à lui, le prit par le bras, le mena jusqu'à la porte de sa maison et, rudement, le poussa dehors.

On ne s'interposa point : cette conduite était approuvée même par le curé. Les trois personnes qui restaient dans la maison mortuaire forgèrent un récit pour les curieux du village de ***, et l'on convint de dire que Bernard, en proie à un accès de fièvre chaude, s'était échappé de la cure, qu'il avait été trouvé mourant près du cimetière, et de là conduit chez Pierre, où il avait rendu le dernier soupir.

Le gendarme regagna son domicile, et le curé avec Pierre passèrent la nuit près du mort.

Au matin, et pour l'ensevelir décemment, le curé invita Pierre à aller jusqu'à l'école communale afin d'y prendre les effets nécessaires à l'ensevelissement. Il était huit heures du matin quand Pierre arriva à la porte du maître d'école; il fut étonné de trouver dans la chambre le notaire qui refermait les tiroirs de l'armoire du défunt Bernard.

— Que faites-vous là, vous? lui dit Pierre.

— J'exerce ma charge, et vous prie de vous mêler de ce qui vous regarde. J'ai appris ce matin le décès de M. Célestin Bernard, maître d'école de ce village, employé du gouvernement, et je mets les scellés.

— Vous mettez les scellés?

— Oui, monsieur.

— Je viens chercher des effets pour enterrer le défunt.

— Vous ne toucherez à rien, je vous prie. Tout ce qui est ici appartient à la succession.

— Eh bien! je lui donnerai une de mes chemises, et une des plus belles, à votre fils, qui est mort hier chez moi, et je dirai partout que c'est votre fils.

— Je n'ai pas de fils et n'en ai jamais eu, monsieur Pierre, vous m'entendez bien, n'est-ce pas?

— Mais...

Les yeux de Pierre se portèrent machinale-
ment vers la cheminée, il y vit des papiers qui
finissaient de brûler, et dont les débris calcinés
voletaient dans l'âtre.

Il courut à la cheminée, prit un morceau de
ces détritus brûlés et lut seulement ces quelques
mots devenus blancs de noirs qu'ils étaient :

. . . . . . . *Ton père* . . . . . . . . . . . . . .

. . . . . . . . . . . . . . GEORGES . . . . . .

. . . . . . . . . . . . . *étudiant en droit* . . . .

M. d'Extrême, très froid, était aussi très pâle.

Pierre rejeta les papiers qui lui en disaient
plus que toutes les protestations de Bernard, et,
mettant tout son mépris dans un mot, il cracha
à la figure du notaire ce mot :

— Canaille !

Et il partit.

# ÉPILOGUE

M. d'Extrême, honoré d'une juste considération, vient de brillamment marier sa fille. Il est conseiller général, et on parle d'en faire un député. Il a quitté le notariat et habite un château voisin de son ancienne résidence.

Pierre est mort.

Le curé Morlat a changé de cure.

Et comme souvenir de ce drame intime, il ne reste au cimetière de*** que la tombe de Louise, soigneusement entretenue par la famille, et la croix ignorée de Bernard Célestin, sur laquelle, chaque année, une main pieuse vient déposer une couronne d'immortelles :

C'est la pauvre Philomène !

FIN

# TABLE DES MATIÈRES

---

ÉMILE COLIN, IMPRIMERIE DE LAGNY (S.-ET-M.)

# AVIS DE L'ÉDITEUR

Le but de la collection des *Auteurs célèbres*, à **60** *centimes* le volume, est de mettre entre toutes les mains de bonnes éditions des meilleurs écrivains modernes et contemporains.

Sous un format commode et pouvant en même temps tenir une belle place dans toute bibliothèque, il paraît chaque quinzaine un volume.

### CHAQUE OUVRAGE EST COMPLET EN UN VOLUME

En jolie reliure spéciale à la collection, 1 fr. le vo[lume]

# ENVOI FRANCO CONTRE MANDAT OU TIMBRE

Imprimerie LAHURE, rue de Fleurus, 9, à Paris.